中国历朝通俗演义
青少年白话文版 ③

两晋演义

蔡东藩◎著

王 统 张雅婷◎改编

民主与建设出版社
·北京·

© 民主与建设出版社，2024

图书在版编目（CIP）数据

两晋演义 / 蔡东藩著；王统，张雅婷改编. -- 北京：民主与建设出版社，2024.1
（中国历朝通俗演义：青少年白话文版；3）
ISBN 978-7-5139-4447-2

Ⅰ.①两… Ⅱ.①蔡… ②王… ③张… Ⅲ.①章回小说 – 中国 – 现代 Ⅳ.①I246.4

中国国家版本馆CIP数据核字（2024）第017699号

两晋演义
LIANGJIN YANYI

著　　者	蔡东藩
改　　编	王统　张雅婷
责任编辑	金弦　唐睿　宁莲佳
特约策划	任程民　向春婷　罗双
封面设计	海凝
出版发行	民主与建设出版社有限责任公司
电　　话	（010）59417749　59419778
社　　址	北京市朝阳区宏泰东街远洋万和南区伍号公馆4层
邮　　编	100102
印　　刷	三河市同力彩印有限公司
版　　次	2024年1月第1版
印　　次	2024年12月第1次印刷
开　　本	880毫米×1230毫米　1/32
印　　张	8.25
字　　数	206千字
书　　号	ISBN 978-7-5139-4447-2
定　　价	699.00元（全11册）

注：如有印、装质量问题，请与出版社联系。

目录 Contents

1. 西晋立国 / 001
2. 羊祜谋划伐吴 / 008
3. 西晋灭吴 / 012
4. 晋武帝羊车望幸 / 019
5. 晋武帝驾崩 / 023
6. 贾南风乱政 / 028
7. 晋国日渐衰落 / 033
8. 太子司马遹枉死 / 038
9. 司马伦篡位 / 042
10. 司马家族内斗 / 047
11. 流亡民众的叛乱 / 051
12. 刘渊建汉 / 057
13. 晋惠帝暴毙 / 062
14. 胡寇横行 / 066
15. 刘氏纷争 / 071
16. 司马越病亡 / 076
17. 石勒诱杀王浚 / 081
18. 西晋灭亡 / 087
19. 东晋建立 / 092
20. 王敦起兵叛乱 / 097
21. 王敦覆灭 / 101
22. 苏峻败亡 / 106
23. 石勒灭前赵 / 110
24. 石虎伐前燕 / 115

25. 慕容皝四处征伐 / 120

26. 石虎伐凉州 / 124

27. 后赵众皇子夺权 / 129

28. 后赵亡国 / 134

29. 慕容儁灭冉魏 / 139

30. 残暴的苻生 / 144

31. 慕容氏危机四伏 / 149

32. 苻坚灭燕 / 154

33. 野心家桓温 / 159

34. 苻坚荡平西北 / 164

35. 淝水之战 / 169

36. 后燕的建立 / 174

37. 苻坚伐后秦失败 / 179

38. 苻坚殒命 / 184

39. 慕容氏血腥夺权 / 189

40. 拓跋珪崭露头角 / 193

41. 慕容垂灭西燕 / 197

42. 司马道子专权 / 201

43. 后燕内乱 / 206

44. 慕容盛复国 / 211

45. 孙恩叛乱 / 215

46. 后凉亡国 / 220

47. 刘裕入都 / 225

48. 刘勃勃建夏 / 230

49. 刘裕崛起 / 234

50. 刘裕建宋 / 238

 # 1. 西晋立国

晋朝是由司马家建立的，司马懿曾是曹操手下的一位谋臣，后来发动政变掌控了曹魏的军政大权。此人谋略过人，战功显赫，可与诸葛亮齐名。

司马懿有两个厉害的儿子，一个叫司马师，一个叫司马昭。

司马懿死后，他的权位由大儿子司马师继承。司马师掌握了曹魏的军政大权，行事非常嚣张，竟废掉魏主曹芳，立曹髦（máo）为新帝。可惜此人命短，正准备大干一番事业时因病去世。于是他的弟弟司马昭继承了他的一切职权。

没想到这个司马昭比他的哥哥更猖狂，直接穿上了皇帝的衮服，戴起皇冠，在宫中横行霸道。魏帝曹髦见司马昭如此专横跋扈（hù），忍无可忍，他对群臣说："司马昭之心，路人皆知。"而后亲自带兵讨伐司马昭。

一行人没走多远就被人拦住了去路，曹髦一看带头的是中护军贾充，便大声呵斥让他退下。哪知贾充压根不把曹髦放在眼里，反而指挥手下与其侍卫扭打起来。但是曹髦一方人多势众，贾充眼看不是对手，就想逃跑。

这时候太子舍人成济带兵过来了，他看见眼前的情景有点发蒙，一时不知该帮谁。贾充本就是司马氏一派的，他对成济大喊道："司

马公平时白养你们了,现在正是报恩的时候,还不赶紧动手!"成济一听这话,立即举起长矛刺向了曹髦。这曹髦也是倒霉,就这样一命呜呼了。

司马昭得到消息,马上召集群臣商议此事,大臣们纷纷表示将贾充处死。可司马昭不乐意,因为贾充正是他的铁杆心腹。他干脆将这事全部嫁祸给成济,下令将成济株连三族。成济在这件事中妥妥成了一个冤大头。

为了转移大家的注意力,司马昭赶紧立了一个新皇帝。他选中十五岁的曹璜当皇帝,还给他改了一个名字叫曹奂,司马昭成了他背后的实际掌权人。

内部的事情处理好了,司马昭开始想着完成一统天下的大业。没多久,大将邓艾、钟会率领魏军攻入蜀都,俘虏了汉主刘禅。司马昭以此为功,被封为相国,加封晋公,不久又获封晋王,并立司

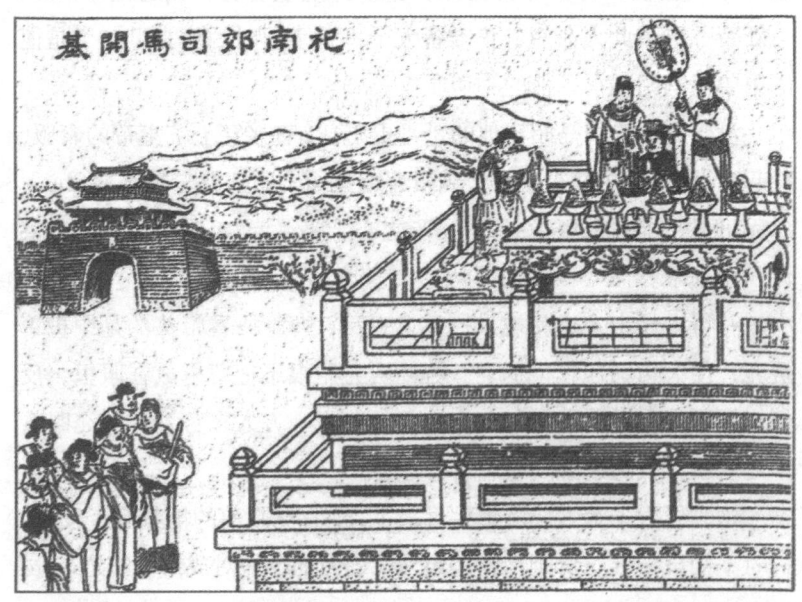

1. 西晋立国

马炎为世子。正当他下一步想夺取魏氏王位时，却得重病去世了。

于是晋世子司马炎继承了他父亲的爵位。不到两个月，他就逼迫小皇帝曹奂退位让国，接着选定了吉日，改元泰始，登基称帝，史称晋武帝，西晋就此建立。

司马炎称帝以后，总结前朝的经验教训，认为魏氏败亡，在于没有兄弟扶助，孤立无援。于是他大力分封王室宗亲为藩王，让他们作自己的屏藩。不久，他又立王妃杨氏为皇后。这位皇后叫杨艳，生得漂亮又能干，司马炎对她很是宠爱。

杨皇后也是一个聪明人，她为了巩固自己的皇后之位，就设计让司马炎娶了自己的表姊妹赵粲（càn）。赵粲本就天生丽质，晋武帝当然无比乐意了，他还夸赞杨皇后心胸宽阔。

晋武帝在位期间，百姓过了几年安居乐业的日子，但是隔江相望的东吴实力雄厚，始终是一个隐患。他计划着东征灭掉吴国，完成一统天下的霸业。于是命令尚书左仆射羊祜（hù）前往荆州督理军务，伺机发动战争。

这时候，在雍（yōng）州、凉州的交界处，一个叫秃发树机能的鲜卑族部落首领率众造反，引起晋武帝的重视。他赶紧调整军事人员部署，准备派鲁公兼车骑将军贾充负责秦、凉地区的军事。

贾充接到这个命令，腿都吓软了，他压根不懂军事谋略，这不是赶鸭子上架嘛！贾充能坐上今天的位置，全凭阿谀奉承的嘴上功夫。他以招兵为借口拖延了好几个月，到最后实在没办法推托，只能硬着头皮上了。

临行之际，百官前去为贾充送行，贾充大开宴席，与大家开怀畅饮，喝到半醉的时候，贾充离开座位前去更衣，荀勖（xù）瞅准时机赶紧跟了过去，到了没人的地方，荀勖便与贾充说起悄悄话来。

贾充抱怨说："我实在是不愿意去，你有没有好办法？"

荀勖一听，知道是时候说出自己的计谋了，便说道："你是朝廷的宰辅，一人之下万人之上，如今却受到别人的制约，我暗中给你谋划了好久，可惜啊，实在是想不到什么好办法。不过，最近我听说了一个宫中的消息，要是这件事办成了，你肯定就不用去了。"

贾充急忙问："当真？什么事？说来听听。"

荀勖笑着说："我听说皇上在为太子议婚呢，你不是有两个女儿都没嫁人吗？为什么不趁这个机会把女儿嫁给太子？到时候你不想去，皇上肯定也就不让你去了。"

贾充一听，这是个好办法，只不过这件事要办成可不容易，于是苦笑着说道："我怕是没有这个福分啊！"

荀勖小声说道："事在人为嘛。"

说完，又对着贾充耳边偷偷说了几句话，贾充一听，顿时喜笑颜开，恨不得给荀勖跪下磕几个头。荀勖赶紧扶起贾充，握着他的手一起又回到宴席上，一直喝到太阳快要下山了，大家才依依惜别。贾充于是故意拖延，一路上慢慢走，只等荀勖那边传来的好消息。没想到连老天爷都要帮助贾充，竟然一连下了好几天大雪，整个世界千山皆白，鸟都没有一只。贾充抓住机会，赶紧给皇上写奏折，找了一堆借口，什么雪太大了，什么道路不好走啦，总之，只有等雪停了，才能再次上路。

晋武帝一听，贾充的话也没错，便应允了他们，让他们赶紧回来，等雪停了再走也不迟。贾充收到消息喜笑颜开，赶紧跑回都城。

另外一边，荀勖也没闲着，他卖力地撮合着太子和贾充女儿的婚事。话说西晋的太子司马衷（zhōng）生来就十分愚笨，但他是杨皇后唯一的儿子，杨皇后一直在司马炎耳边怂恿他立司马衷为太子，再加上她和赵粲一唱一和，司马炎便答应了。

再后来，到了太子司马衷十二岁这一年，晋武帝想着他也长大

1. 西晋立国

立东宫庸雏伏祸

了,该给他定一门亲事了。刚开始,晋武帝想要将卫瓘(guàn)的女儿许配给太子,将她立为太子妃。但贾充的妻子郭槐早就想把女儿嫁给太子了,于是偷偷地贿赂宫中的人,让宫中的人在杨皇后面前讲自己女儿的好话。杨皇后便经常听见宫人说贾家的女儿多么有才,又多么有德,竟然也羡慕起来。于是,等晋武帝来她宫里的时候,杨皇后便在晋武帝耳边说:"快点让贾家的女儿当我们的儿媳妇吧。"

晋武帝听了,十分不解,连连摇头:"不行,不行。"

杨皇后惊呼:"为什么不行?"

晋武帝笑道:"我正要把卫瓘的女儿许配给太子,不想将贾充的女儿许配给他。这个卫氏家里孩子多,他的女儿长得高,而且肤白貌美。你再看看那个贾氏,家里没啥孩子,他的女儿也善妒,长

得也不好看,不仅矮小,而且还黑。这两家的女儿一比较,将谁许配给太子不是很明白的一件事吗?难道还要取短舍长?"

杨皇后一听,这和自己听到的完全不一样,于是说道:"陛下你这是对贾家的女儿有成见,我听说她德行和才华都很好,我们可不能错过这么好的儿媳妇。"

晋武帝依旧不答应,杨皇后于是说:"陛下要是不信,可以问问大臣,证明我所言非虚。"

晋武帝一听,觉得这个办法也不错,这才点了点头表示答应。没过多久,晋武帝召集群臣,大摆宴席,与大家议论太子的婚事,当时荀勖正好也在场,于是极力吹捧贾家的女儿贤淑有才,正好可以给太子当太子妃,真是再合适不过了。其他大臣也纷纷赞扬贾家的女儿贤淑,说得是天花乱坠,晋武帝越听越觉得这贾家的女儿似乎也不错。

晋武帝于是问:"贾家有几个女儿?"

荀勖急忙答道:"贾充前妻生有两个女儿,已经出嫁了。现在还有后妻生的两个女儿,尚未婚配。"

晋武帝又问:"她们多大了呀?"

荀勖又回答说:"我听说他的小女儿最美,已经十一岁了,正好婚配太子。"

晋武帝想了想,有些犹豫,说:"十一岁会不会太小了?"

旁边的卫瓘听晋武帝这么说,也凑上来说道:"我听说贾家的三女儿已经十四岁了,虽然长得不如幼女,但是非常有德行,女子有才德比美貌更重要,陛下可以斟酌斟酌。"

晋武帝见卫瓘都替贾充的女儿说好话,于是便说:"既然如此,就让贾家的三女儿嫁给我的儿子吧。"

荀勖等人听到晋武帝松了口,纷纷离席拜贺,这媒是做成了,

1. 西晋立国

自然要贺喜。晋武帝听了也十分高兴,让荀勖等入席继续喝酒。等到宴席散了,正好贾充也回到了都城,荀勖一出宫,立即赶到贾府去道喜。

婚事定下之后可把贾充乐坏了,一方面是高兴自家的丑女儿居然当上了太子妃,飞上枝头变凤凰了;另一方面庆幸自己不用领军远征了,落得一身清闲。

泰始八年(272年)二月,司马衷与贾南风成婚。晋武帝见过这位新太子妃后,肠子都悔青了。这贾南风不仅长相丑陋,品行也算不上贤德。但是事已至此,自己的傻儿子和这个丑媳妇相处还算融洽,也就随他们去了。

 ## 2. 羊祜谋划伐吴

世事无常，福祸难料。安平王司马孚、杨皇后和朝中几位心腹大臣的相继离世让晋武帝悲伤不已。杨皇后在世时与晋武帝还是很恩爱的，后来晋武帝听从了杨皇后的临终遗言，册封了其叔父杨骏的女儿杨芷为皇后。

杨骏与其弟杨珧（yáo）因此受到皇帝的器重，纷纷封侯拜将。杨骏仗着自己的国丈身份日渐骄横，有大臣弹劾（hé）杨骏，晋武帝也不去理会。后来卫将军杨珧建议派遣诸王前往边疆的封地，负责驻守当地，从而更好地保卫国都，晋武帝同意了。却没想到，这为后来的藩王之乱埋下了祸根。

另一边，征南大将军羊祜一直镇守在襄阳地区，他带领当地百姓开垦荒地、大力发展农业，使得当地民富粮足，百姓安居乐业，羊祜因此受到当地百姓爱戴。

羊祜所管辖的襄阳正是与吴国的交界处，他得知当时吴国的君主孙皓（hào）残暴不仁且沉溺酒色，吴国在他的治理下人人自危，百姓苦不堪言。但是吴国的左丞相陆凯是一位厉害人物，他智勇双全、治国有方，羊祜一时不敢轻举妄动。

当听到陆凯病死之后，羊祜知道攻打吴国的机会来了。但是又逢益州发生叛乱，攻打吴国的事因此被搁置下来。

2. 羊祜谋划伐吴

羊祜派遣参军王濬（jùn）前去镇压叛军，没多久王濬就平息了叛乱。晋武帝见状欣喜不已，封王濬为龙骧（xiāng）将军，让他负责掌管梁州、益州的军务。

羊祜打算攻打吴国，他想利用晋国处于黄河上游的优势来歼灭吴国。于是他上奏朝廷，请求晋武帝准许王濬秘密造船，武帝听从了他的建议。王濬收到旨意后就开始加紧制造大战船了，这些战船长一百二十步，可容纳两千多人。他们不分日夜地赶工，不少造船的木屑被水冲走，顺流而下。

吴国建平太守吾彦见了，猜测上游必定在建造战船，他急忙向吴主孙皓报告，希望引起警惕，加强防范。可孙皓收到奏章甚至看都懒得看就扔到一边去了，此时他正在大肆建造宫殿，想着玩乐，哪有心思管这些事。吾彦没办法，只好命人制造铁锁链横断水路，作为防护。

此时，吴国西陵的督军步阐畏罪投降晋国。吴国派大司马陆抗前去攻打。晋武帝让羊祜带兵去增援。可羊祜还没赶到西陵，战斗就已经结束了，陆抗凭借卓越的军事才能攻下西陵，取得胜利。

西陵之战后，羊祜就驻扎在荆州，防范陆抗。羊祜认为吴国有陆抗这样的大将，目前还不能贸然派兵攻打。他开始采用攻心战术，大施仁政，与吴国的军民和谐相处。

有时候，晋军行军经过吴国境内，收割当地人民的庄稼补充军粮，羊祜会让人留下布匹作为补偿；晋军打猎时碰见从吴国境内跑来的受了伤的野兽，羊祜会让士兵把它们送还给吴国；被晋军生擒的吴国士兵也不杀不辱，不管是投降还是回家，羊祜都准许。

羊祜的这些举措让吴国人民心服口服，就连陆抗都很钦佩羊祜宽广的胸怀。

两人还经常写信问候，互赠礼物。有一次陆抗派人给羊祜送了一坛美酒，羊祜当着使者的面就喝了下去，毫无怀疑。羊祜听说陆抗生病了，立即派人送药给他，陆抗也毫不迟疑地吃了下去。

吴主孙皓见两人私交这么好，怀疑陆抗通敌叛国。陆抗向来一心为国为民，见孙皓这样是非不分，担忧吴国的将来，竟然抑郁成疾病死了。

羊祜眼见吴国此时再无擅长领兵作战的大将，便上疏力请武帝发兵攻打吴国。不承想晋武帝听信了贾充、荀勖等人的建议，认为秦、凉之地还没有平定，不该在东南地区发动战争。

咸宁四年（278年），羊祜生了重病。他拖着虚弱的身体来到都城洛阳觐见晋武帝，恳切希望武帝能够派兵伐吴。晋武帝惦念着羊祜病体难行，便让羊祜乘车来见，让宫廷卫士扶着他进入宫殿，还免了他的跪拜礼，给他赐座。

羊祜对晋武帝说："我快要死了，所以才来见陛下，希望可以

2. 羊祜谋划伐吴

达成我最初的志向。"

晋武帝安慰了一番已经病重的羊祜,决定就按照羊祜的谋划去办,羊祜退下后,暂时居住在都城。晋武帝有意听从羊祜的建议,派中书令张华前去拜访羊祜。羊祜告诉张华:"眼下吴主荒淫无道,正是兴兵讨伐的好时机。如果等到孙皓死去,吴人换了君主,到时即使有百万雄师,恐怕也不易攻过长江去,会遗患无穷啊!"

张华将羊祜的这番话转告给晋武帝。晋武帝想让羊祜率领诸位将领作战。但羊祜病情加重,他向晋武帝推荐了自己信任的大将杜预。晋武帝便任命杜预为镇南大将军,督理荆州军务。最终杜预还没出都城,羊祜就抱着遗憾去世了,享年五十八岁。

羊祜离世后,晋武帝身着素衣,悲伤不已。当时天气非常寒冷,晋武帝的鼻涕和眼泪都冻在胡子上了。襄阳当地的百姓听说羊祜去世了,个个悲痛万分。为了纪念羊祜,人们给他建祠立碑,每当百姓路过纪念碑想起羊祜时都忍不住哭泣。杜预于是为这块纪念碑取了一个名字,叫堕泪碑。

 3. 西晋灭吴

羊祜离世以后,晋武帝仍打算派兵伐吴。但是偏偏这个时候传来凉州兵败,刺史杨欣战死的消息,武帝又犹豫了起来。

仆射李憙推荐匈奴左部帅刘渊去讨伐反叛的树机能。此建议一出就有人投了反对票,有大臣认为刘渊是异族人,很难跟西晋同一条心,派他去讨伐,只怕还会加重西北边患。晋武帝听了觉得挺有道理,就没有任用刘渊。

不久,凉州被攻陷,武帝有些慌了,忧虑地问众位大臣:"有谁能替我打败此贼呢?"

话音刚落,有一人闪身而出,说道:"陛下若是任命我为将军,我一定能平叛贼人!"

晋武帝一看,这人正是司马督马隆,便对马隆说道:"你要是能够平叛,那自然可以任命,只是不知道你用什么方略去平叛呢?"

马隆回答说:"先募勇士三千人,然后率领他们西行,陛下不要问什么战略方略,由我临阵灵活制敌,肯定能有捷报!"

晋武帝听完大喜:"你要是能办到,朕还有什么忧虑的呢?"

随即任命马隆为讨虏将军,兼武威太守。

很多大臣说马隆是个小将,说的话不可信,而且现在兵很多,还用得着募兵吗?晋武帝不听,一意孤行,非要任命马隆为将军。

3. 西晋灭吴

马隆于是亲自去募兵,他设立靶子,让前来报名的人拉弓引箭,必须得能拉得动九石的弓,才能被选上。武帝还派给马隆三年的军饷,马隆于是率军出发了。

马隆果然极具军事天赋,他率兵进退有度,转战千里,未曾打过一次败仗,反而杀死数千名叛军,俘虏近万人,并且斩杀树机能,肃清秦、凉全境。

吴国君主孙皓看西晋这边没有动静,还以为天下太平,便整日安于享乐。每次宴请群臣,孙皓都会逼着那些大臣喝酒,有时候大臣们喝醉了会胡言乱语。孙皓便暗地里派黄门郎十余人来监视这些大臣,那些酒后失态的大臣都受到了惩罚。惩罚的手段极其残忍,他们有的被剥去脸皮,有的被挖去双眼,被折磨得半死不活,成为废人。吴国的大臣整日活在恐惧之中,生怕一不小心就丢了小命。

晋国的益州刺史王濬得知吴国的情况后，觉得此时伐吴正是时候。他立即向晋武帝上疏请求东征，不然之前造的战船都要腐朽了，而且自己年纪也大了，没多少时间可以等待。

武帝看了王濬的奏书，召集大臣们商议，贾充、荀勖那帮老顽固仍然极力劝阻武帝不要伐吴。张华想起了羊祜的临终遗言，支持王濬伐吴的提议。将军王浑因督理扬州，镇守寿阳，经常和吴国人发生战争，他也同意尽快筹划伐吴的事情。

但是大部分大臣以入冬天冷，不方便出兵为由，提议来年春天再讨伐吴国。武帝也同意了，他正好乐得清闲。

有一天，武帝正在宫中和张华一起下棋，突然收到杜预从襄阳传来的紧急奏报。杜预在奏折中言明了伐吴的迫切性。武帝看完奏折顺手递给了张华。张华看了，连忙起身对晋武帝恭敬地说："陛下英明神武，晋国兵富国强，吴国的君主荒淫无道、斩杀贤才，如果现在讨伐吴国一定可以轻易取得成功，千万不要错失良机啊！"晋武帝听了这番话终于下定了决心。

第二天早朝，武帝召集群臣，下令正式攻打吴国。贾充听后急忙上前劝阻，荀勖等人也随声附和。晋武帝不禁大发脾气，对贾充厉声喝道："你身为皇亲国戚，为什么多次阻挠军事上的安排？朕这次铁了心要东征，你们不要再多说了！"贾充等人碰了一鼻子灰，这才不敢说了。

武帝随即制订了作战计划，命令镇军将军琅琊（láng yá）王司马伷（zhòu）出兵涂中，安东将军王浑出兵江西，建威将军王戎出兵武昌，平南将军胡奋出兵夏口，镇南大将军杜预出兵江陵，龙骧将军王濬与广武将军唐彬率巴蜀军东下。

东征大军共二十余万人，大军陆陆续续地出发了，晋武帝又任命贾充为大都督，杨济为副都督，统率各军。

3. 西晋灭吴

龙骧将军王濬多年来一直在筹备东征，他一接到东进的命令就立即率领战船长驱直入丹阳。丹阳的守将盛纪率兵迎战，可根本抵抗不了王濬大军的进攻，不久就战败了。盛纪来不及逃跑，被王濬的士兵擒获。

王濬大军顺江而下，发现下游的江面被铁锁横向拦截，江心还埋伏着很多铁锥。王濬下令扎了数十个大竹筏，让擅长泅水的士兵牵引着过江。竹筏遇到铁锥，就把它们都带走了。他又让人点燃麻油浇灌的大火把，趁着大风烧断铁锁。这样一来，大军得以顺利前进。

王濬与广武将军唐彬一同抵达西陵。西陵是吴国的要塞，吴国派了四名大将合力镇守。

可王濬的军队实在是太厉害了，他们训练有素，一鼓作气，从四面八方围攻而来。吴国的军队本就懒惰散漫，缺乏斗志，看到晋军这么大阵仗，吓得四处逃窜，只剩几名吴国主将孤立无援，只得

束手就擒了。

王濬接连攻下荆门、夷道,擒住吴国监军陆晏。他继续向前进军,在乐乡俘虏了吴国的水军统领陆景。王濬的军队一路所向披靡,威名大震,吴国平西将军施洪等人直接望风投降了。

另一路由安东将军王浑带领的军队也势如破竹,攻下寻阳,降伏了吴国将军陈代、朱明等人。

与此同时,镇南大将军杜预朝着江陵进军,他秘密派遣手下夜间乘坐小船登陆巴山,然后在山间挥舞旗帜举起火把迷惑吴军。

吴军都督孙歆(xīn)见了,大惊失色,说:"难道敌国的军队已经飞渡长江了吗?"他立即派兵出击,却正好中了晋军的埋伏,吴军被打得大败而逃。此刻安坐在营帐中的孙歆还不知道吴军已经被打败,直至晋军冲入营帐将他活捉。

紧接着,杜预又亲自来到江陵,带兵攻城。还没等吴军的防御工事建好,杜预就杀了吴军一个措手不及,江陵立即被攻陷,吴国守将伍延战死。江陵被攻克以后,其他相邻的小城池也接连投降。

平南将军胡奋此时也攻克江安。而后,胡奋、王戎、王濬几路大军一举攻克夏口、武昌。吴国还在拼死一搏,丞相张悌(tì)与督军沈莹、诸葛靓等人率三万精兵渡江,大军到了牛渚,沈莹对张悌说:"大军没有戒备,晋国的水师顺水而来,肯定会到这里来的,不如在这里整备军队,以逸待劳。如果强行渡江和他们一战,失败了就完蛋了。"

张悌感慨道:"吴国要灭亡了,聪明的人和愚笨的人都知道这件事。现在渡江一战,还有机会决一死战,就算是失败了,和国家一起灭亡也没什么好遗憾的。如果在这里等着敌人来,到时候士兵全部跑了怎么办?除了君臣投降,还有别的出路吗?我们号称江东大国,要是没有一个人为国捐躯,岂不是让天下人耻笑?我已经决

3. 西晋灭吴

定了，要为国家战斗到死！"

说罢，便率领军队渡江而去。到了板桥，和晋军迎头碰上，随即战在一起，晋军勇猛无敌，吴国的军队只能节节败退。随行的诸葛靓知道军队坚持不了多久，就劝说张悌逃跑，张悌哭着说："我身为宰相，常常害怕不能死得其所，今天以身殉国，死了也值了，你不必再说了。"

诸葛靓听了他这一番话，便哭泣着自行逃跑了。张悌则手握佩刀，与晋军杀在一起，很快就被晋军包围了，最后被刺死在了战场上。沈莹见张悌已死，也顾不上自己的性命，和晋军继续厮杀，最终也被杀死。

吴国军队已经是孤注一掷，全军覆灭之后，再也无力抵抗。吴人听说军队败了，自此心惊胆战，也没了抵抗的意志。

王濬听闻晋军已经取得板桥之战的胜利，便直奔吴国首都建业。周浚得到消息，派遣何恽前去告知王浑，建议他先行攻城，抢得头功。王浑却不以为意，他心想王濬受他调遣，必然不会擅自行动去攻打建业。

王濬确实奉诏听命于杜预和王浑，但是杜预曾经写信鼓励王濬乘胜追击，直捣建业。当王浑派人召王濬前去商议攻城之事时，王濬找了个借口搪塞了过去，然后独自攻下建业，吴主孙皓投降。

至此，吴国被灭，西晋完成统一中原的大业。

晋武帝收到前线传来的捷报，不禁喜极而泣，感叹道："这都是羊祜的功劳啊！"他认为王濬在这场战争中居首功，打算下旨封赏他。正在这时候，王浑却上疏弹劾王濬不服从军令，应该按军法处置。原来王浑因为王濬的功劳盖过自己，很是嫉妒。

武帝也明白王浑的心思，他让各位将领率军回朝，亲自评定赏罚。由于王浑在朝中的权势很大，朝臣们纷纷为他说话，晋武帝没

有办法，只好封王浑为公爵，增加八千户食邑；封王濬为辅国大将军，与杜预、王戎等人同封为县侯，其他将领也一一得到赏赐。

王濬认为自己功劳大赏赐却太少，心里不服气，时常跟别人发牢骚。益州护军范通是王濬的亲戚，他对王濬说："在朝为官要懂得保全自己，王浑和你就如同廉颇和蔺相如，你要学习蔺相如，凡事宽厚忍让，才能让王浑心服口服。"

王濬听了这番劝告，顿时幡（fān）然醒悟。从此以后他再也不与王浑争功，后来被武帝升任抚军大将军，直至病逝，享年八十岁。

 ## 4. 晋武帝羊车望幸

在完成统一大业之后,晋武帝下令停止战事,全国上下一片祥和。武帝觉得自己也该享享福了,于是开始寻欢作乐,过起了奢靡的生活。

自古南方出美女,特别是东吴这个地方,有不少的美女。于是武帝派人大量搜罗美女来供他挑选,最后选出了五千名女子,个个貌美如花。这可把晋武帝高兴坏了,他干脆将这些美女全部纳入宫中。加上之前的妃子,现在后宫嫔妃、宫女有上万人。

此后,晋武帝每天退朝以后就乘着羊车在后宫里东游西逛,没有固定的目的地。每当羊车停下来,就有大批美女簇拥过来,武帝大概看几眼,要是有心仪的对象,就会设宴赏花,与佳丽们寻欢作乐。

但后宫佳丽众多,武帝根本看不过来。有些妃子为了得到晋武帝的宠幸就想了一个法子,她们知道羊爱吃竹子、喝盐水,就把鲜嫩的竹叶插在门前,洒上盐水吸引羊前来。

果然,羊看见喜爱的食物就走不动道了,晋武帝于是停留下来,嫔妃们也因此得到宠幸。其他妃子眼见这方法好使便纷纷效仿,后来每座宫殿门口都插上了竹子洒上了盐水,整个后宫快成竹海了。晋武帝整日乐此不疲、流连忘返,把国家大事都抛到九霄云外去了。

皇后的父亲车骑将军杨骏、叔父卫将军杨珧和太子太傅杨济趁

武帝贪图享乐之际掌控了朝中大权,被人称为"三杨"。仆射山涛见此情形多次对武帝好言相劝,希望他可以勤加理政。晋武帝也觉得惭愧,奈何理智战胜不了欲望,一看见眼前的美人就把大臣的忠告忘得一干二净了,哪还管得了国家的兴衰成败呢?对于大臣呈报上来的边境隐患问题也觉得是杞人忧天,一概置之不理。

后来昌黎传来军报,说鲜卑部落的酋长慕容涉归率领部众入境抢劫。幸亏安北将军严询守备森严,很快将其击退。晋武帝因此更加放心了。不久又有吴人挑起战乱,也被扬州刺史周浚平定。

眼见南北战乱都被迅速平定,武帝和朝中大臣更加放松了警惕,认为不会有谁能威胁到晋国的统治。那些朝廷权贵、皇亲国戚开始攀比财富,炫耀自己的家产,整座洛阳城顿时成了花花世界。

当时中护军羊琇和后将军王恺(kǎi)仗着自己是皇亲国戚,尤

4. 晋武帝羊车望幸

其奢侈骄纵。但是没想到的是，一山更比一山高，散骑常侍石崇竟然比他俩还奢华。羊琇有自知之明，不敢与石崇攀比。可王恺心里不服气，他经常找机会和石崇斗富。

石崇为什么会这么富有呢？这要从他当荆州刺史时说起了，为了发财，他经常让手下扮作强盗去打劫来往的富商，一时之间积累了巨额财富。

王恺和石崇是怎么斗富的呢？王恺让人用糖水刷锅，石崇就叫人用蜡烛当柴火烧；王恺出行用紫丝布围成四十里的屏障，石崇就用更名贵的锦缎做了五十里的屏障来回击；王恺用花椒粉抹墙，石崇就用赤石脂涂屋。

就这样，王恺和石崇斗富屡战屡败，面子上过不去了，他就去找晋武帝帮忙，想扳回一局。晋武帝赐给他一棵珍贵的珊瑚树，大概有二尺高。

王恺扬扬得意地拿出珊瑚树向石崇炫耀，认为这次石崇肯定要认输了。哪知石崇霸气地拿起一柄铁如意，把王恺的珊瑚树给砸了个粉碎。王恺见状气得要和石崇拼命。石崇却满不在乎地笑着说："这算什么稀罕东西！我家里多的是。"接着命令仆人把家里收藏的十多株珊瑚树全部搬出来，其中高的有三四尺，矮的有二三尺。

石崇指着珊瑚树对王恺说："想要哪一棵随你挑。"王恺羞愧得说不出话，灰溜溜地跑回家去了。石崇也因此名声大振，被称为洛阳首屈一指的大富豪。

司隶校尉刘毅、车骑司马傅咸见朝堂内外奢侈无度的风气盛行，便上奏弹劾受贿违法的朝臣，提倡节俭，可晋武帝却无动于衷。不仅如此，他还和官员们一样奢侈贪婪，甚至买卖官职来获取钱财，装进了自己的口袋。刘毅甚至公开指责晋武帝不如汉朝的桓、灵二帝。晋武帝虽然丢了脸面，但是也不恼怒，还夸赞刘毅是忠臣。

尚书张华一直深得晋武帝的宠信，贾充和荀勖等人十分嫉妒他。有一次，晋武帝问张华："我能把后事托付给谁呢？"张华大声回答："齐王贤能，又是您的至亲，臣认为他值得托付。"武帝听了沉默不语。

张华知道他犯了武帝的大忌，也就没有继续说下去了。原来晋武帝不喜欢别人在他面前提起齐王司马攸，这次张华突然推荐他，惹得晋武帝非常不高兴。他开始猜忌张华，渐渐疏远了他。

荀勖等人趁机在一旁捕风捉影，诬陷张华，武帝听信谗言，竟把张华调到幽州去了。张华本就足智多谋，他一上任就施行仁政，当地各族人民都对他心服口服。那些不曾归附的东方小国，因为仰慕张华的大名便派使者向晋国进贡。

晋武帝器重张华的才能，想把他召回来，让他当宰相。事情还没定下来，荀勖这帮奸臣事先察觉到了晋武帝的心思，他们又开始挑拨离间，暗示武帝要防着张华这样功劳大的人，以免他造反叛变。武帝听信了他们的谗言，从此不再提及召回张华的事情了。

5. 晋武帝驾崩

齐王司马攸贤德有才能，受到百官推崇，荀勖、冯𬙂（dǎn）和杨珧这帮小人却整日想些坏心思要除掉他，他们时常在晋武帝面前说齐王的坏话。武帝也提防着司马攸，就下令把他派遣到青州去掌管军事。

命令一下，朝中大臣议论纷纷。尚书左仆射王浑、光禄大夫李憙等人上疏劝阻武帝，但是没被采纳。常山公主和京兆长公主也来劝说，她们一边哭一边替司马攸求情。武帝生气地说道："你们这些妇女，怎么知道国家大事！不要再来纠缠我了。"两位公主见碰了一鼻子灰就离开了。

此时快过年了，齐王暂时留在京城守岁，等到了第二年春天，武帝便下诏催促他立即上路。又有博士庾旉（yǔ fū）、秦秀，祭酒曹志等人上疏，再次劝谏晋武帝留下齐王。晋武帝十分生气，他对齐王的疑心也更重了，一些进谏的官员被他罢官或者免职，还连番下诏催促齐王启程。

齐王不愿意前往藩镇，又因为被晋武帝猜忌，心里压着一肚子怨气没地方发泄，变得郁郁寡欢，最后气急攻心，吐血不止，不久就去世了，只活了三十六岁。

扶风王司马骏听说晋武帝遣司马攸去外地，也曾经上疏劝阻，

但是武帝不听。他忧心忡忡，抑郁成疾，最后与司马攸同时去世了，晋国至此失去了两位贤臣。

晋武帝册封汝南王司马亮为太尉，山涛为司徒，卫瓘为司空。山涛此时快八十岁了，他体弱多病，想要辞官却不被允许，只好带病上朝，不幸患上风寒，没多久便去世了。

武帝又提拔魏舒为司徒。魏舒做事英明果决，为人节俭，轻财好施。他的品行和声望与山涛不相上下。

卫瓘和魏舒的关系很好，两人齐心协力辅佐晋武帝。太康年间，虽然晋武帝骄奢淫逸，"三杨"权倾朝野，但好在有两位贤臣的极力维持，朝廷还算安宁。

卫瓘出身官宦世家，他的第四个儿子卫宣娶了繁昌公主为妻，因此成为皇亲国戚，受到武帝的宠信。卫瓘认为太子并不合适当国君，想劝武帝另立他人，每次觐见武帝的时候，他总是欲言又止。

有一次，武帝在凌云台宴请群臣，卫瓘假装喝醉了，走到武帝的宝座前跪着说道："臣有几句心里话想说，不知道陛下愿不愿意听？"武帝让他有话直说。

卫瓘支支吾吾，最后用手摸着武帝的宝座说道："这个宝座可惜了啊！"武帝听明白了他的弦外之音，故意装作不懂，问道："爱卿是真的喝醉了吗？"卫瓘没有说话，叩头退下了。

武帝事后仔细想了想，觉得卫瓘说得有些道理，于是想了一个办法考验太子。他举办宴会，召来东宫所有的官员，然后单独交给太子一项政务让他处理。可太子司马衷又呆又笨，拿到公文一时手足无措，身边的人又都被支走了，没人可以询问，只能来问太子妃贾南风了。

贾南风读过一些书，想代替太子作答，但无奈才华不够答不上来。她急忙派婢女去询问朝中大臣，找人代写了一篇文章。这篇文

5. 晋武帝驾崩

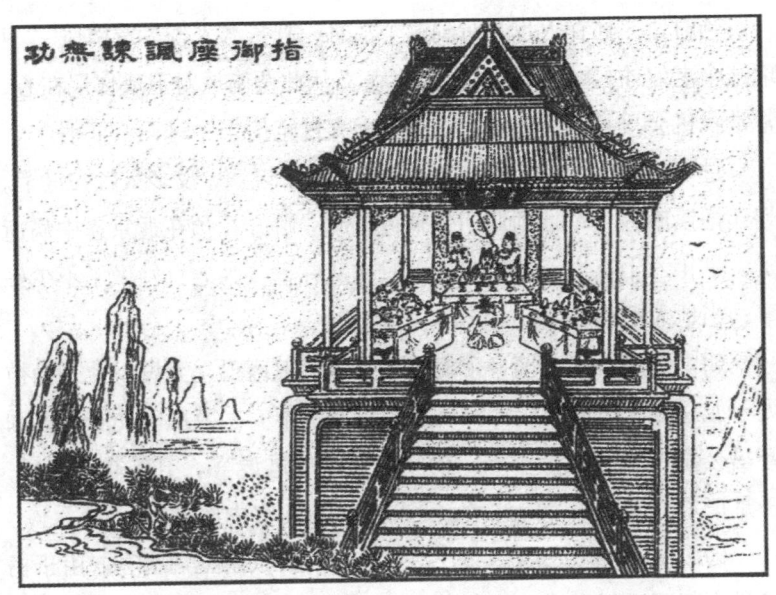

章写得很好，引经据典，文采斐（fěi）然。

婢女把写好的文章交给贾南风过目，贾南风担心出差错，就找来给事张泓（hóng）商量。张泓看完后摇头说："陛下知道太子学问不精，这篇文章写得这么好，一看就知道是代写的，要是被查出来，恐怕太子之位不保啊！"

贾南风大吃一惊，问："这可怎么办才好呢？"张泓说："不如根据字面意思直接作答，免得陛下怀疑。"

贾南风好言请求张泓为太子作答，并承诺日后与他共享富贵。张泓写了一份答卷，让太子照着誊写，写完由内使交给武帝。武帝一看还挺高兴的，虽说文采不怎么样，但是观点分明，论述清晰，这考验算是通过了。

武帝又把卫瓘叫来看太子的文章，卫瓘看了几行就向武帝低头请罪。旁边的大臣这才知道卫瓘诋（dǐ）毁过太子。

当时贾充还在人世,听到这个消息,赶紧派人告诉贾南风:"卫瓘这个老奴才,差点就毁了你的家庭。"从此贾南风对卫瓘怀恨在心,常常找机会报复他,只是武帝对卫瓘太过宠信,一时无从下手。

过了几年,魏舒因为年老多病辞官回了老家,没多久就去世了。朝廷把镇南大将军杜预调回来辅佐朝政。哪知杜预在返京途中病逝了,享年六十三岁。他镇守襄阳时文武并重,为老百姓做了不少好事,当地人都很敬仰他。

朝中的老臣一个接一个离世,只剩下卫瓘孤立无援。他一面被太子妃忌恨,一面被杨氏排挤,心里非常不安。卫瓘的儿子卫宣和繁昌公主本来就感情不和,杨骏等人趁机进谗言。卫瓘非常惶恐,于是请求辞官,武帝同意了,还将公主召回宫中居住。

杨骏铲除卫瓘之后,又开始想法子对付汝南王司马亮。由于杨骏联合朝臣反复上奏,武帝不得不任命司马亮为大司马,外派他镇守许昌,督理豫州军事。与此同时,武帝又分封各个皇子皇孙为王,让他们离开都城前往各自的封地。

其中太子的大儿子司马遹(yù)自小聪明伶俐,深受祖父晋武帝的喜爱。朝中不少大臣也夸赞司马遹为奇才。武帝知道司马衷没什么才能,只是因为皇长孙司马遹天性聪慧,是未来最佳皇位继承人,所以一直没有废掉太子。

太子妃贾南风妒忌心极强,因为司马遹是谢才人所生,所以一直不喜欢他。她更担心其他妃子会生男孩,所以只要发现有妃子怀孕,就会扔手戟刺死对方,手段非常狠毒。

武帝听说了这件事,十分生气,他下令将贾南风打入冷宫。但是赵粲、杨皇后、杨珧都替太子妃求情,武帝这才没有再提起这件事。

到了太熙元年(290年),武帝任命王浑为司徒、卫瓘为太保、

5. 晋武帝驾崩

石鉴为司空。他们三人虽然齐心协力辅佐朝政,但是依然比不过"三杨"权势滔天。武帝到了晚年更是沉溺酒色到了极点,经常不理朝政。

大权落到了杨皇后手中,她经常把父亲杨骏叫来宫里商量政务。后来武帝病重,杨皇后更是直接把杨骏留在宫中。从此一切诏令都出自杨骏之手,其他大臣完全无法参与其中。杨骏借此机会裁撤朝臣,换成了自己的心腹。

武帝躺在床上,每天昏昏沉沉,不省人事。杨皇后代替武帝口头宣读了遗诏,让中书令何劭(shào)写好拿给武帝过目。武帝已经到了弥留之际,只看了一眼就扔在地上,不置可否。他问身边的人:"汝南王司马亮来了吗?"身边的人回答:"没有来。"武帝再也说不出话来,长叹了一声,就一命呜呼了。他在位二十五年,享年五十五岁。

6. 贾南风乱政

晋武帝驾崩以后，他的儿子司马衷继承了皇位，史称晋惠帝。太子妃贾南风顺理成章成了皇后，皇后杨氏为皇太后。

由于皇宫内外被杨骏的人把守，司马亮连晋武帝的丧礼都不敢参加，竟然连夜离开奔赴许昌。

当时朝中有声望的老臣大都去世了，杨骏在朝堂上更是一手遮天，目中无人。但是他也知道自己的所作所为不得人心，于是利用封赏来笼络人心。

杨骏知道皇后贾南风不是善茬，时时刻刻提防着她。他安排外甥段广担任散骑常侍，执掌朝中机密，又任命心腹张劭为中护军，负责统领禁军。所有的诏命先交给晋惠帝看一遍，再给杨太后看，然后才颁发，但实际上杨骏才是最后的决策者。

杨太后和晋惠帝两人都老实巴交，不敢有任何意见，朝中大臣对杨骏的做法议论纷纷，有大臣直言进谏可他根本不听。晋惠帝本就愚笨，现在如同木偶一般任人摆布，朝中大事基本上由杨骏说了算，后宫则由贾南风一手掌握。

晋惠帝登基半年后立司马遹为太子，还任命何劭为太子太师，王戎为太子太傅，杨济为太子太保，裴楷为少师，张华为少傅，共同辅佐太子。

6. 贾南风乱政

皇后贾南风生性阴险狡诈，向来是一个不安分的泼妇而且野心极大，一心想干涉朝政。无奈上有杨太后，下有杨骏，受这两人管制，她就不能为所欲为。于是她拉拢殿中中郎孟观、李肇（zhào），密谋除掉杨太后和杨骏，一面让人四处造谣说杨骏威胁江山社稷，不可不防；另一面又派李肇前去邀请汝南王司马亮入京讨伐杨骏。

可司马亮生性胆小没敢答应。贾皇后又让李肇联络楚王司马玮，司马玮年轻气盛，马上就答应了。

杨骏本就忌恨司马玮，一直想铲除他，现在听说司马玮要入朝，正合他意。

司马玮一入京，贾南风就派人上奏晋惠帝，称杨骏谋反。晋惠帝哪里会分辨真假，先贬了杨骏的官职，后又派兵讨伐杨骏。

杨骏听说了这件事，惊慌不已，连忙召集手下的大臣商议。有人献计说："这件事一定是宦官给贾皇后出的主意，您应该立刻带人火烧云龙门，索要作乱的主谋，同时让太子入宫，迫使对方交出主犯。"

杨骏平时看着骄傲自大，在这样危急的时刻反而犹豫不决。大家见杨骏迟疑不定，料定他成不了大事，就都离开了。

贾皇后担心杨太后救她的父亲，就派人守着杨太后的宫殿。果然从宫中射出一张帛书，上面写着："救太傅者有赏。"于是趁机造谣说杨太后与杨骏一起造反。

此时，东安公司马繇（yáo）正带兵放火烧杨骏的府邸，又命令弓箭手登上高楼，准备射击杨骏家的大门，杨骏和他的家属完全无路可逃了。接着司马繇带领众多士兵冲进杨骏家里四处搜捕，杀死数百人，唯独没有找着杨骏。

士兵来到马厩搜捕时，发现有人蜷缩在里面，于是用长矛刺去。只听得几声惨叫，那人就命丧黄泉了。士兵把尸体拖出来一看，正

是大名鼎鼎的杨太傅杨骏。

孟观、李肇还抓捕了杨珧、杨济、段广等人，将他们斩首示众，诛灭三族，共处死了数千人。

不久惠帝大赦天下，改年号永平为元康。贾皇后派人将杨太后迁到永宁宫，并同意让杨太后的母亲庞氏和她生活在一起。贾皇后又暗地里教唆大臣们弹劾杨太后，大臣们都趋炎附势，不敢违抗命令，一起联名上奏请求废除杨太后。

只有太子少傅张华不肯同流合污，想了一个折中的办法。他上奏废杨太后为武帝皇后，让她迁居离宫。偏偏左仆射荀恺等人一定要废太后为平民，还嚷着要将她囚禁在金墉（yōng）城，贾南风当然乐得准奏。蛇蝎心肠的贾南风还不肯罢休，竟然设计夺去了杨太后母亲庞氏的性命。

随后，汝南王司马亮被封为太宰，与太保卫瓘一起管理朝中大

6. 贾南风乱政

事；楚王司马玮被封为卫将军，司马繇晋爵为王，李肇等人也都拜爵封了官职。

司马亮入主朝政之后，又对诛杀杨骏的一干人等进行封赏，人数达到上千。御史中丞傅咸先后两次上书劝诫司马亮，一是责怪司马亮赏赐无度，二是劝司马亮让权，司马亮都没有听从，反而变得更加专横跋扈。

贾皇后的堂兄贾模、表舅郭彰和贾充过继来的孙子贾谧（mì）三人在朝中独断专行，楚王司马玮和东安公司马繇也乘机干涉朝政。司马一族的宗室和外戚相互对立，渐渐有了隔阂（hé）。

司马繇见贾皇后残暴凶悍，担心日后遭她算计，便与同党密谋除掉贾皇后。可计划还没开始实施，他就因为自己的同胞兄弟司马澹进谗言，被司马亮罢了官。

免职后的司马繇与东平王司马楙（mào）常有来往，他经常在

司马楙面前诋毁司马亮。这事传到了司马亮耳朵里,司马亮把司马楙调离京都,并把司马繇贬到偏远之地。

司马繇离开以后,司马家族又少了一人。眼看贾皇后及其党羽的势力越来越庞大,宗室的权势越来越衰败,司马亮对此却没有任何防范,他还准备撤掉司马玮的兵权,卫瓘也表示赞成。

楚王司马玮自认为立下大功,不愿俯首听命。他手下的长史公孙宏和舍人岐盛替他出主意,劝他投靠贾皇后。贾皇后本来担心司马玮难受管制,看到他主动示好,高兴极了。

贾皇后自拟诏书,迫使晋惠帝答应废除司马亮和卫瓘的爵位,又让人把诏书连夜交给司马玮。司马玮本就与这两人有矛盾,正想借机报复,除掉两人独揽大权。

于是司马玮带着军队去讨伐司马亮和卫瓘。两人最后的下场都很惨,司马亮被人折磨致死,卫瓘被人砍死,他的家属也都被杀害。

让人大跌眼镜的是,贾皇后转过头来诬陷司马玮伪造圣旨,擅自杀害大臣。司马玮百口莫辩,当即被斩杀。贾皇后一箭双雕,除去了心头大患。

从此以后,贾皇后在朝中再无劲敌,开始独揽大权,她任命亲戚和党羽担任重要官职,贾模、贾谧等人都身居高位。因为张华是平民出身,没什么背景,又很有治国的才能,贾皇后任命他为中书令兼侍中,与左仆射王戎一起治理朝政。

晋惠帝虽然愚笨,但是有张华这样的贤臣相助,晋国朝堂内外还算相安无事。

 ## 7. 晋国日渐衰落

元康三年（293年）前后，晋国发生了一系列天灾人祸。弘农降下三尺深的冰雹；寿春发生大洪水，引发山崩地裂；上谷、居庸、上庸遭受水灾，庄稼被淹，发生大饥荒；皇宫武库也发生火灾，很多珍藏的宝物被烧毁。那一年，朝中有多位大臣相继去世。

不仅国内噩耗连连，边境也纷争不断。匈奴部落蠢蠢欲动，伺机入侵中原，他们的首领郝散率领上万士兵攻打上党，刺杀官兵。邻近州郡派兵援助，才将其击退。郝散兵败请求投降，被都尉冯翊下令斩首。

郝散的弟弟郝度元率领残部逃脱，他招兵买马，勾结马栏山中的羌人、卢水附近的胡人，一起闯入晋国北方边境作乱。晋朝派了几拨人马前去抵抗，全都大败而归。于是又任命梁王司马肜（róng）为征西大将军，负责雍凉两州的军事。

秦雍地区的氐（dī）人和羌（qiāng）人聚众造反，他们拥戴氐人将领齐万年为帝，并且围攻泾阳城。司马肜刚刚到达泾阳，看见当地人的叛乱如此猖獗，立即上报朝廷请求支援。朝廷于是任命安西将军夏侯骏为统帅，让他率领周处、卢播几位大将一同前去讨伐齐万年。

这时候，中书令陈准进言说："夏侯骏和梁王司马肜都是皇亲

国戚,两人并非将帅之才。周处是一位良将,但他与梁王有恩怨,此番前去如果得不到支援必定丧命,这样就太可惜了!"朝廷对他这番劝告根本不予理会。

有人劝周处说:"你为什么不以赡养母亲为由推托呢?"周处慷慨地答道:"自古忠孝不能两全,既然已经辞去亲人侍奉君主自然不能顾全私心。如今就是我周处的死期了!"说完就率领军队向西出发了。

为什么陈准和周处自己都认为此行将性命不保呢?这还要从周处这个人说起。周处很小的时候父亲就去世了,他为人不拘小节,年轻时臂力惊人,凶猛好斗,同乡的人都把他看成一大祸害。周处知道自己不招人喜欢,也想着悔改。

有一天,他在乡间游荡看见父老乡亲愁眉不展,就问道:"年年粮食丰收,你们为什么还是不开心的样子?"一个乡亲回答:"三害没有除去,哪里高兴得起来呢?"

周处又追问乡亲何为三害,乡亲告诉他三害是南山白额虎,长桥下蛟龙,还有周处。周处听完笑着说要为百姓除去这三害。他射死猛虎,斩下蛟龙头,并且改邪归正,不再作恶,乡亲们也都重新接纳了他。

吴国灭亡后周处来到洛阳,官至御史中丞。他为人正直,从不趋炎附势。梁王司马肜曾触犯法律,其他大臣都忌惮他的权势不敢定他的罪,只有周处秉公执法,司马肜因此对周处恨之入骨。

朝中其他权贵也十分痛恨周处,想趁着这次边境叛乱将周处派遣出去,好借机除掉他。朝中与周处关系好的官员都替他担心。齐万年听说周处率军来讨伐,连忙告诫手下不可轻敌。

周处与夏侯骏等人一起去拜见司马肜,司马肜果然不怀好意,他故意夸赞周处英勇过人,命他率领五千士兵作为前锋攻打齐万年,

7. 晋国日渐衰落

承诺会安排军队支援。

周处只得领军前进,离敌军还有一里路程的时候,他让队伍停下等待援军。才一个晚上,司马肜连下两道命令催战。第二天一大早,士兵还没吃饭,司马肜再一次催战,要求队伍立即开拔。

见根本没有援军前来,周处知道是司马肜公报私仇,只得带兵迎战。两军交战数百回合,战况十分激烈,齐万年这边不断派兵支援,士兵人数达七万人,周处这边却只有五千士兵,而且根本没有援兵。手下劝周处退兵,周处宁死不屈,最后英勇殉国,整

支先锋队全军覆灭。

听说周处战死,那些朝廷权贵居然拍手叫好,没一个人敢为周处喊冤,真是让人心寒。

转眼过去了一年,梁王司马肜和夏侯骏等人逗留关中,没取得一点儿战绩。在张华、陈准的保举下,朝廷派遣孟观讨伐齐万年。

孟观英勇善战,所向无敌,接连肃清齐万年和郝度元等叛党。于是朝廷任命孟观为东羌校尉,让他镇守西陲边境。

当时,少数民族势力一天天强大,对中原统治产生极大威胁。匈奴左部帅刘渊已经是五部大都督,威震四方。又有慕容涉归的儿子慕容廆(wěi)臣服晋国,被封为鲜卑都督,而后不断吞并周边弱小部落,逐渐变强大。

此外,还有略阳氐人杨茂搜盘踞在仇池地区,自称辅国将军右贤王。他的势力也逐渐发展壮大,称霸一方。巴氐李氏的实力也不容小觑(qù),李氏家族出了三个有勇有谋的兄弟,他们盘踞在蜀地。

各方势力纷纷强大起来,晋国的王公大臣们只顾眼前享乐,根本不考虑潜藏的危机。朝中只有张华等人有远见,但是他们防范内讧都来不及,哪能抵御外患呢?

比如左仆射王戎,虽身居高位但毫无建树,而且贪婪吝啬,十里八乡的人都称他为守财奴。他平日喜欢四处游荡结交名士,曾与嵇(jī)康、阮籍等人在竹林交游,大家称他们为竹林七贤。

贾谧、郭彰等人又是另一派作风,他们极尽奢靡,骄纵无比。贾谧尤其骄傲自大,目空一切。有一次,他和太子司马遹下棋,毫不相让,甚至恶语相向。当时成都王司马颖在一旁观看,见此情形大声呵斥贾谧。事后,贾谧跑到贾皇后那儿去告状。贾皇后当然偏袒贾谧了,她把司马颖贬为平北将军,让他镇守邺(yè)城。

晋惠帝好似提线玩偶一般任人操控,他的言行举止都听命于贾皇后。当时国家年年发水灾,闹饥荒,晋惠帝听到消息,随口说道:"百姓没有米饭吃,为什么不喝肉粥呢?"旁边的人听了忍不住大笑。

又有一次,惠帝在华林园游玩,听到蛤蟆叫便问:"蛤蟆乱叫,是为公还是为私呢?"旁边的人听了乐不可支,有一人回答:"在

7. 晋国日渐衰落

公家地为公,在私家地为私。"惠帝听了连连点头。

晋惠帝昏庸无能,国家大权全被贾皇后掌握,她还在京都寻找美少年,与他们寻欢作乐,稍有厌烦便立即处死。

眼见贾皇后日益荒淫残暴,朝中大臣为此十分忧心。就连贾皇后的党羽贾模都担心发生祸事危及自身,每日都惶恐不安。

光禄大夫裴頠(wěi)看穿了贾模的心思,找到他提议废掉贾皇后。他们先派人劝说贾皇后改过自新,但贾皇后本性难改,根本听不进去别人的好言相劝,反而斥责了贾模。贾模整日为此忧心不已,竟然患病去世了。

 晋 | 8. 太子司马遹柱死

太子司马遹小时候聪明伶俐，长大之后却不务正业，经常与宦官、宫女一起寻欢作乐。贾皇后向来不喜欢太子，正希望他德行败坏，好找机会废掉他。

贾皇后暗中吩咐宦官，让他们引诱太子胡作非为。在小人的教唆下，太子一步步误入歧途，变得蛮横无理，有大臣劝诫他，反而被捉弄。

散骑常侍贾谧与太子年龄相仿，两人又是表兄弟，所以经常有来往。太子性情喜怒无常，一会儿与贾谧亲密无间，一会儿又对他置之不理。贾谧屡次遭到白眼，难免生出隔阂。

一天，贾谧急急忙忙跑到贾皇后跟前说："太子现在私敛钱财，结交小人，无非是以后想加害我们贾氏一族。要是让太子登基称帝，只怕皇后您要被囚禁在金墉城了。"

贾皇后听了不禁害怕起来，她叫来赵粲和贾午，密谋废掉太子。恰巧这时候贾午生了一个儿子，贾皇后命人将孩子送入宫中，假装自己有了身孕，快要生产了。

另一方面，贾皇后又嘱咐内史大肆宣扬太子的罪孽，为废除太子造势。朝中大臣大多看出了贾皇后的阴谋诡计，中护军赵俊秘密奏请太子废除贾皇后，但是太子不敢。

8. 太子司马遹枉死

元康九年（299年）十二月，太子的大儿子司马虨（bīn）得了病，太子举行祭祀仪式为儿子祈福。突然宫里传来一道秘密诏令，说皇上身体不舒服，让太子立即入宫。

太子一进宫就有人把他带到别室，等待皇后的命令。太子觉得有些莫名其妙，但也只能听从。这时候来了一位宫女，一手端着一盘枣，另一手提着一壶酒，对太子说："皇上命令您喝了这壶酒。"

太子没什么酒量，喝了一半就醉醺醺的，便摆手说道："我不能再喝了。"宫女却瞪大眼睛说道："这是皇上赐的酒，你不肯喝，是怕酒里下毒了吗？"太子无可奈何，只能一口喝光了剩下的酒，立即醉得不省人事。

不久，就有宫女拿着纸和笔过来，逼迫太子抄一份稿子。太子醉眼蒙眬，也没看清写的是什么就把文章抄了一遍。字写得歪

歪斜斜的,好多地方没写全。之后太子被侍卫拥出宫,扶上马车送回去了。

第二天早朝,晋惠帝拿出两张纸交给文武百官传看。惠帝生气地说:"这是朕那不肖的儿子司马遹写的,如此大逆不道,朕只好赐他一死。"

文武百官被吓了一跳,张华等人觉得奇怪,便拿过来仔细查看。文章的大意是说太子与他的母亲谢淑媛(yuàn)约定同一天叛乱。大臣们看完面面相觑,不敢说话。

唯独张华忍不住说道:"发生这样的事,实属国家不幸,陛下应该查证清楚再做决定。"

裴頠也上奏说:"这封信难以辨认真假,或许是有人故意陷害太子,还是先验明真假再做定夺。"

晋惠帝又变得呆傻了,没有再说话。这时候内侍奉贾皇后的命令,拿着太子的手稿来到大殿上。群臣们聚在一起核对笔迹,发现两者差不多,只是一个书写整齐,一个潦潦草草。原来,当晚太子照着原稿写完以后,有些地方写漏了,贾皇后便找了一个善于模仿笔迹的人补全,几乎可以以假乱真。

裴頠和张华建议把太子找来当面对质,其他大臣唯唯诺诺,不敢说话,事情一度陷入僵局。

贾皇后在屏风后面早已经坐不住了,晋惠帝没有丝毫主见,她恨不得自己走出来喝住群臣,只是碍于礼法,不便僭越。眼看讨论了半天,也没个结果,贾皇后召来董猛替自己传话。

董猛奉命来到大殿上,传达贾皇后的话:"此事应该迅速解决,为何商议了半天还没有结论?如果群臣不肯传召太子,那就按军法处置。"

董猛刚说完,张华就反驳道:"国家大事,应该由皇上裁决,

8. 太子司马遹枉死

你是什么人？竟敢乱传内宫的旨意，混淆圣听。"裴頠也怒斥董猛，董猛惭愧又气愤，只得回去报告贾皇后。

贾皇后担心事情发生变故，立即让人草拟了一份奏折交给惠帝，请求将太子贬为庶人。惠帝竟然同意了。接着太子司马遹和他的妃子及三个儿子都被囚禁在金墉城，太子的母亲谢淑媛以及司马虨的母亲蒋氏都被赐死。

到了第二年，朝中大臣仍对废太子一事议论纷纷，贾皇后见状始终觉得不妥当，她想杀死太子以绝后患，于是又心生一条毒计。她指使一个人前去自首，说他参与了太子谋反。

惠帝便下诏把太子关到许昌宫去，且不允许百官送行。右卫督司马雅是惠帝的远房亲戚，平时在东宫任职，深受太子司马遹的宠爱。他想方设法要让太子复位，思来想去，觉得可以寻求赵王司马伦的帮助。

赵王司马伦手握兵权，但是生性鲁莽。司马雅让孙秀去劝说司马伦废贾皇后，重立太子，司马伦当即就答应了。但孙秀又对司马伦说："我们不如等到贾皇后除掉太子，再以为太子报仇的名义废掉贾皇后。这样一来就名正言顺，没有后患，而且还一举两得。"

司马伦连连拍手赞成。于是孙秀一边四处散播谣言，说有人想废掉皇后，迎回太子，一边又劝说贾谧，让他早日除掉太子。

贾谧急忙来找贾皇后，贾皇后立即找来太医研制毒药，想毒死太子。随后，她派遣宦官到了太子住处，逼他吃下毒药，可太子不肯，宦官竟然拿药杵用力捶打太子。只听得太子一声惨叫过后就气绝身亡，年仅二十三岁。

晋 9. 司马伦篡位

太子司马遹去世后有官员上奏用庶人之礼安葬他，贾皇后还假装慈悲，请求惠帝按照广陵王之礼厚葬太子。

没多久，天空出现异象，下起血雨，西方出现妖星，全国上下都感到奇怪。张华的小儿子张韪（wěi）劝父亲赶紧辞官，避免灾祸。张华只是说："还是行善积德，其他的就听天由命吧。"

而后，赵王司马伦立即采取行动准备废掉贾皇后。他伪造圣旨，召集兵马，联合齐王司马冏（jiǒng）一起闯入皇宫，逼迫惠帝召贾谧进宫。贾谧一进宫见到如此多的士兵，大声喊："皇后来救我！"话音刚落，就被人一刀砍死了。

贾皇后听见贾谧的呼救声，慌慌忙忙跑出来，刚好与司马冏相遇，就问道："你来这里做什么？"司马冏回答："我奉命来抓捕皇后。"说完便胁迫贾皇后移居冷宫。

贾皇后又问："谁是主谋？"司马冏回答是梁王和赵王。随后又抓了赵粲和贾午，一顿严刑拷打，把这两个貌美如花却心肠狠毒的妇人送去见阎王了。张华和裴頠也一同被抓，并惨遭灭门。

贾皇后被司马伦贬为庶人，囚禁在金墉城，她的党羽也全部被杀。其他文武百官，只要与贾、郭、张、裴四家有关系的，不是被杀就是被贬官，受牵连的人简直不胜枚举。

9. 司马伦篡位

紧接着司马伦假颁圣旨,大赦天下,自封都督中外诸军事兼相国侍中。他的几个儿子和心腹也都被封了官职,从此朝中大臣全都听从司马伦的指挥。

太子被废之后,大臣们商议立淮南王司马允为皇太弟,并催促其赶紧回朝。司马允表面上置身事外,但知道司马伦不怀好意,便秘密培养死士,密谋杀掉司马伦。

孙秀得知了司马允的心思,他劝司马伦小心提防司马允,司马伦这才有了防备之心。他担心贾皇后与司马允勾结,卷土重来,就和孙秀想出两条计策,一是毒死贾皇后,二是册立皇太孙。

司马伦立即派尚书刘弘带着毒酒前往金墉城,赐死贾皇后,贾皇后无可奈何,只能一饮而尽,一代蛇蝎皇后就此退场了。之后,司马伦立临淮王司马臧(zāng)为皇太孙,又召回原太子妃王氏,让她抚养司马臧。

孙秀作为司马伦的宠臣,一朝得志,变得嚣张跋扈,目中无人。他看上了石崇的爱妾绿珠,向其索要,可石崇不答应,孙秀怀恨在心便设计陷害石崇。

石崇得知后,找来好友潘岳商量如何铲除孙秀,最后决定联合司马允,让他起兵除掉孙秀、司马伦。司马允正想除去他们,三人当场一拍即合。

司马伦和孙秀得知后,立即决定先发制人,夺去司马允的兵权。司马允当然知道他们心里打的算盘了,称病不肯接受。孙秀伪造圣旨逼迫司马允就范,司马允便召集士兵七百人,声称要讨伐乱臣贼子。哪知在讨伐过程中,司马允遭到司马督护伏胤(yìn)暗算身亡,石崇、潘岳等人也全部被杀。

齐王司马冏当时和司马伦一同起事,但最后只被封了个游击将军,心中觉得不满。孙秀劝说司马伦将司马冏外调,以免生出事端,司马伦听从了他的建议。

司马伦还为孙秀的儿子做媒,让他娶了惠帝的女儿河东公主为妻。孙秀又请求惠帝册立将军孙旗的外孙女羊氏为皇后。这位羊氏叫羊献容,长得十分漂亮,美若天仙,和贾皇后相比简直天壤之别。

永康元年(300年)仲冬,羊献容被册立为皇后。当她进宫看见晋惠帝年过四十,面目丑陋,又呆又傻,简直失望到了极点,只能感叹自己命不好。

孙秀一心想让司马伦篡(cuàn)位,他知道司马伦迷信鬼神,就对他说:"宣帝托梦给我,希望您早日登基,他也会暗中帮您。"

司马伦听后深信不疑,开始谋划篡位的事情。他一方面笼络大臣,另一方面逼迫惠帝写退位诏书,交出玉玺,惠帝无可奈何,只能照做。

司马伦于是进入皇宫,登上太极殿,接受百官的朝拜,又大赦

9. 司马伦篡位

天下，改年号为建始元年。接着将惠帝和羊皇后迁往金墉城，尊惠帝为太上皇，皇太孙司马臧则被废为濮（pú）阳王。

司马伦称帝后，立长子司马荂为太子，其他三个儿子也都封王，孙秀被封为侍中、中书监兼骠（piào）骑将军，其他心腹大臣各有封赏。当时由于封赏的人太多，用来装饰官帽的貂（diāo）尾都不够用了，只好用狗尾巴代替，民间流传："貂不足，狗尾续。"

司马伦登上皇位后，要告祭太庙。在去太庙的路上，司马伦仪仗的伞盖被大风吹落，他的内心十分不安，就派人把皇太孙司马臧杀掉了。

孙秀现在是司马伦最信任的臣子，所有的旨意几乎都由他过目，他可以随意更改，甚至自拟诏书。旨意朝令夕改，百官都习以为常了。孙秀的同族人也沾他的光，一个个都做了大官。

当时齐王司马冏、成都王司马颖、河间王司马颙（yóng）各据

一方,坐拥强兵,孙秀担心三人不好控制,就派出自己的亲信前去监督三王。同时加封司马冏为镇东大将军,司马颖为征北大将军,意欲拉拢他们。偏偏这齐王司马冏不受笼络,他率先发难,准备讨伐司马伦,并且派人四处联络其他王侯。

成都王司马颖收到消息,召集部下商议,邺令卢志说:"赵王谋权篡位,人神共愤,殿下顺天命而为,还怕不成功吗?"于是司马颖先派出一支先锋部队,自己领兵做后继。

当队伍抵达朝歌时,陆续有很多人加入,人数增加到二十多万,声势十分浩大。常山王司马乂(yì)和一些地方官员得到消息,也加入了司马冏的阵营。司马颙先是支持司马伦,眼看司马冏兵威正盛,又转头投靠了他。

各种警报陆续传入洛阳,司马伦和孙秀开始惶恐起来。他们害怕得睡不着觉,急忙派遣上将军孙辅、征虏将军张泓、镇军将军司马雅等人,率领三路大军出关抵抗齐王司马冏。同时派孙秀的儿子孙会带兵出城攻打成都王司马颖,并派自己的儿子京兆王司马馥、广平王司马虔领兵八千做后援。

安排妥当以后,司马伦和孙秀还是不安心,两人又去宣帝庙里日夜祈祷,甚至拜道士胡沃为太平将军,替他们求福禳灾,并请巫师选定作战日期。

10. 司马家族内斗

齐王司马冏领兵来到颍（yǐng）河南岸，恰巧与司马伦手下大将张泓相遇。两军经过一番激战，司马冏大败。

司马冏收拢败兵，趁夜偷袭。张泓的军队丝毫不受影响，孙辅却被吓退，率军逃回了洛阳。他对司马伦说："齐王兵力强盛，势不可当，张泓等人都已经战死了。"司马伦听了害怕得直打哆嗦。

此时张泓率兵直接进攻司马冏的军营，司马冏差点被抓了，幸好手下猛将拼死一搏，才击退张泓的部下孙髦、司马谭。孙髦、司马谭等人则逃回洛阳。

孙秀诈称已经得胜，宣告攻破了司马冏的军营，大臣们都进宫庆贺。可接着孙会战败的消息传到宫里，吓得司马伦瞠目结舌，不知道如何是好。

孙秀见孙会等人逃回来，急得不得了，只好召集群臣商量对策。有人说应该集合剩下的士兵背水一战，有人说应该南下投奔孙旂、孟观。正在孙秀犹豫不决的时候，意想不到的事情发生了。

左卫将军王舆（yú）和尚书广陵公司马漼见风使舵，带着七百多名士兵冲入皇宫，声称要讨伐司马伦，孙秀及司马伦的党羽大都被杀，他们又派人迎回惠帝。惠帝回朝以后，一面下令把司马伦父子送去金墉城监禁，另一面派人慰问司马冏、司马颖、司马颙三王。

随后,改元为永宁,朝堂设宴庆贺了五天。百官商议杀掉司马伦父子以谢天下,惠帝同意了。司马伦喝完毒酒,一边哭一边大喊道:"孙秀害了我!孙秀害了我!"随后毒发身亡。司马伦做了一百天的皇帝,也算威风了,如今落得这般下场,完全是自食其果。他剩下的党羽,有的投降,有的被杀。

惠帝论功行赏,以齐王司马冏和成都王司马颖的功劳最大,封司马冏为大司马,负责辅佐朝政,封司马颖为大将军,掌管全国军事,其他功臣也都各有封赏。

一波未平,一波又起。东莱王司马蕤(ruí)与左卫将军王舆密谋杀害司马冏,但是被人告发,阴谋败露,最终司马蕤和王舆都被诛杀。司马冏虽然对兄长司马蕤心生同情,但也认为是他咎由自取。

司马蕤和司马冏兄弟相残,导致其他大臣也相互猜忌,又生出无数祸乱。

10. 司马家族内斗

一天,新野王司马歆对齐王司马冏说:"成都王司马颖与你是近亲,你们一起建立功勋,应当留他辅佐朝政,否则就撤掉他的兵权,以免生出事端来啊!"司马冏听完直点头。

又一天,常山王司马乂对成都王司马颖说:"这天下是先帝打下来的,你应该好好守住,不要让齐王给搅乱了!"司马颖表示赞同。

司马颖手下的参军卢志却劝诫他说:"如今齐王邀请您共同掌管朝政,但是我听说,一山不容二虎,目前离开京城回到封地才是上策。"司马颖听从了卢志的建议,第二天,他以要奉养生病的母亲为由,收拾好行李,匆匆离开了。司马冏对司马颖的做法感到疑惑不解。

司马颖回到封地以后,在卢志的建议下,做了不少笼络民心的事。他上表劝惠帝运粮食赈济灾民;命人造棺材安葬战死的士兵,并安抚他们的家属;还埋葬司马伦死去的部卒。果然,两河南北的老百姓都对司马颖赞不绝口,就连远在京城的百姓听说了也称赞他是一代贤王。

司马颖优待百姓,礼贤下士,赢得一身美名。司马冏却拉帮结派,恣意妄为,他大修宫殿,整日饮酒作乐,不管朝政。

第二年,皇太孙司马尚和梁王司马肜接连去世。司马冏想长久把持朝政,他见皇孙们都已经去世,担心司马颖被众人立为皇太弟,危及自己的地位,就奏请册立惠帝八岁的侄子司马覃(qín)为太子。惠帝同意了,又任命司马冏为太子太师。

东海王司马越是宣帝的侄子,他年少时就很有声望。司马冏为了拉拢他,给他连连升官。大臣王豹见司马冏手握大权,干预朝政,直接写信劝谏他,让他为国家大计考虑,和其他藩王一起离开朝堂,前往封地,可司马冏置之不理。

恰好长沙王司马乂来拜访,他看见王豹的信,发怒说:"这小

子居然敢离间骨肉,还不拖出去杀了了事。"司马乂又添油加醋说了一番,司马冏听后更是气愤不已,立即奏请惠帝杀死王豹,结果王豹被活活打死了。

话说河间王司马颙以前是司马伦那一派的,司马冏后来让他回到封地去了,对他严加提防。司马颙的长史李含和司马冏手下的参军皇甫商和右司马赵骧有矛盾,他担心遭到报复,所以心中十分不安。

于是他想出一条计策,假传密诏叫司马颙杀掉司马冏。司马颙将信将疑,李含就说:"我为您想了一个计谋,您让长沙王写檄文讨伐齐王,齐王必定会诛杀长沙王,我们可以借此机会举兵除去齐王,再让成都王回来辅佐朝政,这样您岂不是立了一番大功?"司马颙听后同意了,并上奏惠帝。

随后,司马颙就率军进军新安,同时派使者邀请成都王司马颖、新野王司马歆等人一同前往。司马冏得知消息后,惊慌失措,急忙召集百官商量对策。他担心长沙王司马乂会充当司马颙的内应,就派出心腹大将董艾领兵攻打司马乂。

哪知司马乂早已经闯入皇宫,胁迫惠帝号召侍卫攻打司马冏的王府。最终司马冏被砍死,他的党羽也被一网打尽。

晋惠帝登上宝殿,下旨大赦天下,改元太安,任命司马乂为太尉,掌管全国军事。李含本想设计推司马颖上位,自己也能平步青云,奈何这朝廷大权最终被司马乂夺了去,心中闷闷不乐,他又设法挑拨,劝司马颙除去司马乂。

 11. 流亡民众的叛乱

就在司马家族内斗不止的时候，巴蜀的李氏家族出了三个有勇气和谋略的兄弟。长兄叫李特，次兄叫李庠，小弟叫李流。兄弟三人率领流民在成都兴风作浪，益州刺史赵廞（xīn）见李特文武双全，就将他招为己用。他们兄弟三人从此在蜀地仗势欺人。

朝廷见赵廞和这些流民勾结在一起，便下令召赵廞回朝受审。

赵廞因此生了谋反之心，竟自立门户，独霸一方。后来他和李特三兄弟生了嫌隙，惨遭杀害。

李特本是流民，朝廷下旨让流民返回故乡，他贿赂了当地官员得以延期半年。可到了期限，李特却一再拖延，于是地方官员下令悬赏缉拿李特兄弟。

这时，不少流民来投奔李特，十天内就聚集了两万多人。李特拉起一支队伍和当地官兵交战，屡战屡胜，朝廷派来的几路军队也都被李特一一击退。

后来，荆州刺史宗岱、建平太守孙阜率领三万水军来支援，他们听从益州从事任睿的建议，趁李特不备，与其他联军一起围攻，将李特大军一网打尽。李特被杀，他的弟弟李流趁乱逃走。

李特被诛杀以后，李流带着几万残兵败将逃到了赤祖，李特的次子李荡也从德阳赶过来协助李流防守。军中现在没有带头的将领，士兵们茫然无措，于是推选李流为大将军。

朝廷派出的大军和李流的军队经过几轮交战，最终李荡被刺中腰部，落马而死。看着侄子死在眼前，李流痛哭流涕，他回到军营清点士兵，见伤亡惨重，又想到哥哥和侄子都战死，更加心灰意冷。

这时，李流的姐夫劝他投降，向朝廷求和，李特的小儿子李雄却坚决不同意。李雄鼓动士兵们团结一致偷袭敌军，最终杀了敌军一个落花流水。

李雄向李流报捷，李流既高兴又惭愧，于是把一切军事交给李雄主持。李雄再次出兵攻打汶山太守陈图，不久就夺下郫城。

眼见李流之辈的势力发展得越来越大，朝中大臣都坐不住了，下旨让河间王司马颙派人去讨伐李流。这时新野王司马歆呈上急奏，说义阳的蛮民张昌聚众谋反，而且势力发展十分迅速，请朝廷火速发兵支援。

11. 流亡民众的叛乱

这时候，朝廷在荆州大量征调壮丁，让他们去讨伐李流，当地人都不愿意远行，诏书一再督促，地方官也奉命行事，不敢怠慢。那些被征来的百姓，走投无路之下干脆聚集起来落草为寇。

张昌趁机四处煽风点火，他将安陆县的石岩山当作自己的巢穴，同时改名换姓叫李辰。很多被征调的劳役和饥民听说以后，都跑去投奔他。

江夏太守弓钦派兵去讨伐，结果失败而归。张昌干脆下山攻打江夏，弓钦亲自带兵出战，再次战败，就和部下一起逃往武昌去了，张昌随后占领了江夏。一时间，乱徒四起，有不少人前去投奔张昌，短短十几天就聚集了三万人。

新野王司马歆得知江夏失守，就派了骑督靳满去围剿张昌。靳满到了江夏，与张昌交战了半日便被杀得大败而归。司马歆赶紧奏请朝廷派兵支援，惠帝派监军华宏前去讨伐。哪知他也不是张昌的对手，战败而逃。

朝廷看张昌越战越勇，听从司马歆的建议，分三路，从东、西、北三个方向进攻张昌。哪知司马颙抗旨不遵，北路的进攻完全不起作用。

这时，张昌派党羽黄林率兵攻打豫州，自己则进攻樊城。新野王司马歆见乱党逼近，不得不亲自出马。两军相持，彼此列阵准备迎战。

司马歆手下的士兵们还没有等到开战就四处逃散，乱党那边则摇旗呐喊，好似狂风暴雨，声势浩大。司马歆心慌意乱，正想着骑马逃走，偏偏乱党挡在了前面，把他包围起来，司马歆被乱刀砍死，以身殉国了。

战败的消息传到洛阳，惠帝立刻下旨让刘弘接替司马歆担任镇南将军，统领荆州军事。刘弘是一个颇有才略的人，他接到命令就赶往荆州。

张昌及其部下势如破竹,一路所向无敌,接连攻陷不少地方,名声大振,荆、江、扬、豫、徐五州都被乱党占据。当地的官吏有的逃跑了,有的投降了,张昌就命自己的部下当太守。这群盗贼恃强行凶,到处掠夺,百姓对他们深恶痛绝,巴不得早点除掉他们。

刘弘御敌有方,一进入荆州境内就废除苛政,然后派陶侃(kǎn)、

皮初进军襄阳,扼守要塞。张昌攻打了几次都没有成功,只好退守竟陵。陶侃留皮初驻守,自己率兵攻打竟陵,与张昌交战数十次,全都取胜了,斩杀数万敌兵。张昌弃城而逃,其他人都投降了。

刘弘再命陶侃等人继续追击张昌,后与张昌连战数次,张昌的部下悉数被诛杀,只剩张昌一人一马逃跑了。但他没过多久就被陶

侃追上，当场人头落地。

平息叛乱后，刘弘上奏为二人请功。惠帝下旨封陶侃为江夏太守，封皮初为襄阳太守。

而此时，洛阳城已经闹得一塌糊涂，不可收拾。愚昧无知的惠帝任人摆布，政令混乱不堪，大晋的江山岌岌可危。

河间王司马颙不服从朝廷的命令，整天想着谋反，日渐飞扬跋扈。成都王司马颖觉得自己功劳大，也变得目中无人。司马颖不满司马乂专政，就联络司马颙，商量铲除司马乂。

哪想到，朝廷下了一道诏书，惠帝将亲自讨伐司马颙，命司马乂统管全国军事，大战一触即发。

司马颙立即抢先下手，派都督张方率兵攻打洛阳东面，司马颖也派兵攻打洛阳南面。洛阳城里，惠帝亲自督战，司马颖的军队很快被司马乂击败了，司马乂又转而攻打司马颙。

司马颙手下的士兵见对方来势汹汹，未战先退，又被追上来的司马乂军杀得七零八落。张方收拢士兵，趁夜前进，抢先占得地利。等到两军第二次交战，司马乂落败而回。

战争持续了一年，司马乂擂鼓誓师，率军出城，与司马颖展开决战。这一次，司马乂的军队接连得胜，斩杀司马颖的士兵六七万人。

意料不到的是，洛阳城中发生了内乱。左卫将军朱默和东海王司马越串通谋反，他们勾结殿内的将士捉住司马乂，又让惠帝免了司马乂的职，将他囚禁在金墉城。随后司马越大赦天下，改年号永安，并和司马颖与司马颙议和。司马乂最终被张方所杀，年仅二十八岁。

成都王司马颖进了都城以后，自封丞相，升司马越为尚书令。司马颙和司马颖便联合起来，上疏给惠帝，称司马颖有大功，应该立为储君，又建议废除羊皇后。

惠帝虽然愚笨，但是对着如花似玉的羊皇后，也难免心生不舍，

最终别无他法，只能将羊皇后贬为庶人，迁居金墉城。朝廷百官都是贪生怕死的人，没有一个敢出来说话的。

皇太子司马覃被降为清河王，司马颖被立为皇太弟，统领内外军事，兼任丞相，他的一切车驾冠冕都随他迁到了邺城。司马颙被提拔为太宰大都督，兼任雍州牧。

司马颖从此以后更加肆意妄为了，他的手下也仗势欺人，朝臣对他很失望。不少大臣怂恿东海王司马越讨伐司马颖，司马越便带人攻入云门，抓捕司马颖的大将军石超。

石超逃到邺城，迎回了羊皇后和皇太子。司马越带着惠帝出洛阳北征，沿途不断招兵买马，居然募集了十万士兵。

司马颖得知以后立即让石超带着五万士兵迎战司马越。石超气势汹汹，一举击败司马越的军队，司马越只得仓皇逃命去了。可怜了惠帝，脸部被射中三箭。

接着，司马颖把惠帝迎回邺城，惠帝大赦天下，改永安元年为建武元年。

司马颙曾派遣张方救援邺城，见司马越落败而逃，惠帝被司马颖带走，他又带兵返回，占领了洛阳城。然后废掉了皇后和太子，自己在洛阳城独断专行。

# 晋 | 12. 刘渊建汉

司马颖、司马颙、司马乂联合讨伐司马伦时，曾让安北将军王浚出兵相助，王浚没有答应。司马颖一直想报复，只是没有找到机会。现在他劫持惠帝，逼迫惠帝下旨召王浚入朝。

王浚看穿了司马颖的坏心思，打算联合外族讨伐司马颖，乌桓（huán）和鲜卑两部落都派兵帮助王浚。王浚得到多路人马相助，人数加起来大概有十万，他们径直向邺城杀过来了。

司马颖和僚属商量对策，司徒王戎等人说胡骑气势汹汹，还是与他们议和算了。司马颖却想挟持惠帝回到洛阳，暂时躲避敌人。

这时候冠军将军刘渊站出来说："我愿意为殿下说服五部都督，让他们派兵一起抵御敌人。"司马颖听从了刘渊的建议并封他为北单于，让他立刻出发。

刘渊辞别司马颖，来到左国城。匈奴右贤王刘宣等人早就想推举刘渊为大单于，于是和部众联名写信给刘渊，希望他接受大单于的位号。刘渊推让一番后还是接受了，共得到部下五万人。他把离石定为首都，封儿子刘聪为鹿蠡（lí）王。

接着，刘渊派遣部下刘宏率领五千精兵支援邺城。此时王浚已经击败了司马颖的将领王斌，正朝着邺城进军，石超带兵抵抗，也被击退。邺城陷入一片惶恐之中。

中书监卢志劝司马颖赶紧带着惠帝前往洛阳，可司马颖的母亲程太妃迟迟不肯离开。不久警报传来，人群大喊敌军攻进来了，士兵们全都四散逃跑。司马颖惊慌失措，只带了几十个骑兵，与卢志一起带着惠帝朝洛阳奔去。

到了芒山脚下，张方亲自领了一万多名士兵来迎接惠帝。不久传来军报，说邺城已经被王浚率领的各路军队洗劫一空。

刘渊的部下刘宏来不及支援只好退兵回去了。刘渊听了刘宏的报告，命右于陆王刘景、左独鹿王刘延年，率领两万士兵讨伐鲜卑。刘宣劝他不要攻打自己的同类，而应该与鲜卑、乌桓结盟，控制中原，重振呼韩邪的基业。

刘渊笑着回答道："你的话有一定的见识，但是志向还太小。如今我们已经拥有十多万的士兵，个个身手矫捷，我们如果与晋朝争锋，可以以一当十，就是打下汉高祖、魏武帝那样的基业也不在话下，呼韩邪又有什么可说的呢？"

刘宣等人听完刘渊的话都连连称是，趁机请求刘渊立即称帝。刘渊说："众人如果都一条心，我又何必去支援司马颖呢，现在先迁居左国城再做打算。"刘宣等人立即整装出发，跟随刘渊迁到左国城。

远近地方又有几万人不断归附刘渊，他正准备称帝时，不料有人先他一步称王。原来李雄攻占成都后自立为王，大赦境内，定国号为建兴元年。野心勃勃的刘渊急不可待，立起了大汉的旗帜，改称元熙元年，国号汉，立长子刘和为世子，一切制度都依照两汉旧制。

刘渊称帝不久就派兵攻打东嬴公司马腾。两军交战几个回合后，司马腾的部将聂玄就战败，狼狈地逃走了。司马腾听闻消息后立即带着并州两万多名百姓跑到山东避难去了。刘渊的部下四

12. 刘渊建汉

处劫掠，接连攻取不少地盘，在北方地区一时无人能敌。

晋朝朝廷内乱无休无止，哪还顾得上边防呢？就是洛阳城中也一片乱七八糟，根本没有安宁的时候。

张方迎回惠帝以后，独揽朝政大权，不但百官无权无势，就连司马颖也被夺走了权力。都城的官员百姓都害怕张方的淫威，不敢作声，只有范阳王司马虓（xiāo）和东平王司马楙上奏惠帝，希望让张方回到自己的封地。

此时，张方也有归意。他留在洛阳的这段时间，纵容部下每天四处抢劫，洛阳已经被洗劫一空，士兵们开始吵吵嚷嚷着要回去。

张方想劫持惠帝西去，于是借拜谒太庙为名诱使惠帝出宫，惠帝却不肯去。张方顿时怒气冲天，直接带人闯入皇宫，胁迫惠帝登上车辇（niǎn）。惠帝无可奈何，只能流着眼泪上了车。

张方和手下士兵还把皇宫里值钱的宝物都抢走了。经过这番

洗劫，魏晋以来皇宫积累百年的财富全都荡然无存。

经过几天的奔波，张方带着惠帝、皇太弟司马颖和豫章王司马炽等人来到灞上。司马颙前来迎接，将惠帝带入长安，羊皇后也被迎回。接着，司马颙罢黜了司马颖，立司马炽为皇太弟。

惠帝有兄弟二十五人，大都相继离世，现在只剩下司马颖、司马炽和司马晏还在。

惠帝到了长安，朝中一切大权都掌握在司马颙和张方手里。司马越已辞去太傅职位，不愿意入关，因此司马颙与司马越互生嫌隙。

中尉刘洽劝司马越发兵讨伐张方，迎回惠帝。司马越听从他的建议，立即招兵买马，整顿军务。他向山东各州郡发出诏令，诸王纷纷响应司马越的号召，并且推选他为盟主，联兵西伐。

司马越留琅琊王司马睿和东海参军王导驻守下邳（pī），然后发兵西行。到了萧县，已经集结了三万士兵，范阳王司马虓也赶到许昌为司马越声援。司马越便任命司马虓为豫州刺史，调原刺史刘乔为冀州刺史。

司马颙这边急得焦头烂额，司马颖的旧部下公师藩引发的叛乱还没解决，司马越又起兵讨伐，他整日心神不宁。后来终于想了两条计策应对，一方面让司马颖做镇军大将军，统领河北军事，安抚公师藩；另一方面请惠帝下诏书，命令司马越等人回到各自的封地，不得起兵。

但这一切只是徒劳，司马颖被司马颙所废，早就心生抱怨，怎么肯再为他效力呢？司马越既然已经出兵了，自然不会再听从诏令。司马颙对此毫无办法。

原豫州刺史刘乔因为不满司马越的调令，决心投靠司马颙。司马颙接到刘乔的书信，心中大喜，令他讨伐司马虓来分散司马越的兵力，同时派出多路军队支援。司马虓得到消息立即向司马越求助，

12. 刘渊建汉

司马越火速率兵赶去。

刘乔让长子刘祐对付司马越，自己率兵攻打许昌，司马虓来不及防备，只得弃城逃跑。司马越的部下刘琨见许昌被攻陷，就急忙逃跑，哪知他的父亲被刘乔抓了。刘琨急中生智，劝冀州刺史温羡让位给司马虓，司马虓占据冀州以后，刘琨又招募了近千人挥师南下，司马虓为刘琨做后应，两军相继渡河。

成都王司马颖见洛阳有变趁机进据洛阳，只留下石超把守河桥。刘琨带兵杀得石超措手不及，石超寡不敌众，往西南方向逃去。

刘琨一心想救回父亲，连夜带兵偷袭刘乔。刘乔知道抵抗不住，就慌忙逃走了，刘琨进城把父亲救回。

司马颙见司马越的军队步步逼近，想要求和，张方却不同意。司马颙的参军毕垣和张方有过节，他趁此机会诬陷张方谋反，还诱使张方的心腹郅辅杀害了张方。

 ## 13. 晋惠帝暴毙

司马颙把张方的人头送给司马越，想和司马越议和。偏偏司马越不答应。他遣回使者以后立即派人去长安接回惠帝。

司马越派刘琨攻打荥阳。他让刘琨提着张方的首级呈给守城的将领吕朗，吕朗立即投降。司马越又派人攻打洛阳，司马颖势单力薄，只好往长安逃去。途中，司马颖听说司马颙和司马越已经议和，担心受到司马颙的谋害，不敢往西逃了。

司马颙见司马越没有退兵，十分后悔杀了张方。他仔细调查了一切前因后果，才知道事情的真相，一怒之下把郅辅杀掉了。

司马颙派兵抵御司马越，军队刚到关外，就和司马越的部下祁（qí）弘相遇。祁弘率领的军队锐不可当，把司马颙的两路人马全部消灭。司马颙被吓得魂飞魄散，完全不知所措。不久，又传来敌军已经入关的消息，司马越听后也不管不顾了，孤身骑马躲到太白山去了。

此时祁弘已经杀入长安，城中没有一人敢阻挡他，他手下的士兵烧杀抢掠，造成了两万多人伤亡。

文武百官也都逃到山里去了，惠帝还在行宫，无人保护，只好听天由命了。幸好司马越随后赶来，阻止了士兵劫掠。他又召集百官，宣布即日东归，然后派人留守关中，自己则带军护送惠帝回洛阳。

13. 晋惠帝暴毙

等到了洛阳,惠帝登上旧殿,召见百官。他看着台阶上都已经布满污秽(huì),墙壁上生了厚厚一层灰,不由得伤感起来。司马越带领护驾的大臣们草草拜谒,就算完事了。

到了宫里,空空荡荡,只剩下三五个老宫女和六七个穷太监。惠帝感到无比寂寞,便下了一道诏书派人去金墉城把羊皇后接回来。羊皇后又惊又喜,乘车回到皇宫,惠帝见美人归来十分欢喜。

永兴三年(306年)六月,又改年号为光熙元年,惠帝下诏封赏迎驾的大臣们。司马越被升为太傅;司马虓为司空,镇守邺城;司马模为镇东大将军,镇守许昌;王浚和其他大臣也都得到封赏,对司马颖和司马颙则下了一道赦书。

成都王司马颖从洛阳逃到华阴以后,逗留了几天。他听说惠帝回了洛阳城,就辗转到了新野,后又渡河北上,准备投奔公师藩。

哪知道司马颖半路就被顿邱太守冯嵩截住了,还被送到邺城囚禁起来。公师藩知道以后带着兵马攻打邺城,司马虓立即派兵迎击,最终公师藩兵败被杀,唯独手下的汲桑、石勒等人逃跑了。不久,司马虓在邺城病死。

长史刘舆担心邺城有人释放司马颖,就派人冒充朝廷使臣逼司马颖自尽,然后为司马虓发丧,将此事上告朝廷。司马颖的两个儿子也都被杀死,他的旧部都四处逃散,只有卢志始终不离不弃,为司马颖购买棺材收殓尸体。

司马越知道这件事以后,欣赏卢志忠义,任命他为军谘祭酒;又召刘舆入洛阳,封他为左长史,对他十分宠信,还和他商量镇守邺城的事情。刘舆提议让东嬴公司马腾镇守邺城,并推荐自己的弟弟刘琨担任并州刺史,司马越全都听从了。

司马颙逃到太白山以后,躲藏了好些天也不敢露面。他的旧部召集了一些人马,混入长安,杀死了关中留守梁柳,然后去太白山

迎回司马颙。

弘农太守裴廙（yì）、秦国内史贾龛、安定太守贾疋（yǎ）率兵攻打，司马颙的大将马瞻、梁迈双双战死，司马颙侥幸逃过一劫。司马越听说司马颙露面了，立即派兵攻打他。这时候，司马颙阵营的内部发生变故，长史杨腾想背叛他投靠司马越，于是设计杀害了大将牵秀，还把他的首级送给了司马越的部将麋晃。

这时候，宫中传来急诏，惠帝暴病而死，太弟登基，大赦天下。

惠帝的突然死亡确实有些奇怪。那天晚上，惠帝吃了几个饼，没过多久肚子就疼痛难忍，躺在床上不断地叫唤。等到御医进宫诊视，发现惠帝已经无药可救了。

宫人问陛下得的什么病，御医不敢说，几次追问后才轻轻说出"中毒"二字，然后一溜烟似的出宫去了。究竟这毒是谁下的，也无从考证。司马越掌管宫中大事，眼睁睁看着惠帝暴毙也不追究，属实可疑。他只是立即安排太弟司马炽继位。

13. 晋惠帝暴毙

说他可疑还有一个原因，那就是羊皇后担心太弟继位，自己只能做皇嫂，有意推司马覃继位，可司马越想立司马炽，双方早就展开了明争暗斗。可怜那呆皇帝平白地被人毒死。惠帝在位十六年，改元七次，享年四十八岁。

司马炽是武帝的幼子，继承兄位之后，大赦天下，史称晋怀帝。司马越被任命为辅政大臣，他还奏请怀帝封司马颙为司徒，这分明是猫哭耗子假慈悲。

司马颙收到诏令思考了一番，他现在困在长安，孤立无援，还不如应召去洛阳，说不定还有生机。于是带着家眷向洛阳赶去。

路过新安的时候，突然冲出一群凶悍的武夫拦住了司马颙的去路。他们跳上马车，把司马颙按倒，掐住他的喉咙。司马颙的三个儿子都上前相救，却被这群武夫一阵拳打脚踢，相继死亡。司马颙也被掐了很久不能呼吸，两手一抖，双脚一伸，一命呜呼！

在新安杀害司马颙的武夫，并不是强盗，而是司马越的弟弟司马模的部下。司马模除掉司马颙以后，就被封为南阳王。

惠帝被安葬在太阳陵时，已经是寒冬腊月。怀帝登殿接受群臣朝拜，改元为永嘉，颁布赦令，废除了株连三族的刑罚。怀帝二十四岁，没有子嗣，司马越提议立清河王司马覃的弟弟司马诠（quán）为太子。

怀帝刚刚登基不久，不得不听从司马越的建议，但是因为立储一事变得怏怏不乐。怀帝每日朝见百官，亲自处理政务，害怕军国大权落入司马越手里。

司马越知晓了怀帝的心思，就上奏表示希望离都前往藩地，怀帝便命他镇守许昌。南阳王司马模被任命为镇西大将军，统管秦、雍、梁、益四州军事并镇守长安，改封东燕王司马腾为新蔡王，统领司、冀二州军事，仍住在邺城。

 14. 胡寇横行

司马腾收到诏令高兴极了,他迫不及待地赶往邺城。到了邺城以后,司马腾本以为从此高枕无忧,哪知道汲桑和石勒又来侵扰。

汲桑自从公师藩战败以后就逃走了,石勒也跟他在一起。这两人聚集了一群亡命之徒,劫掠郡县。他们声称要为成都王报仇,于是率兵攻打邺城。

司马腾接到消息,急忙派冯嵩堵截。冯嵩出兵迎击,哪知贼寇太过凶狠,很快兵败。石勒带兵冲到城下,司马腾手下的将士因为平时被克扣军饷,不愿为他效力,全都一哄而散。司马腾在逃跑过程中被杀。

汲桑和石勒进入邺城,他们在城里杀人放火,无恶不作,宫殿都被毁坏殆尽。

接着两人又率领队伍从南津过河,攻打兖(yǎn)州。司马越得知消息火速派遣兖州刺史苟晞(xī)和将军王赞等人前去征讨。两军交战,实力旗鼓相当,打了大小三十多战也没能分出胜负。

苟晞非常善于用兵,他见双方长时间分不出胜负,索性不和他们打了,而是固垒自守,以逸待劳。汲桑一伙进退两难,粮食也渐渐吃完了,士兵都变得疲惫松懈。苟晞见状立即派兵杀过去,连破敌军营垒,杀死一万多人。

注：图中“战阳平茍晞破贼垒”应为“战阳平苟晞破贼垒”。

汲桑和石勒带着残余部队，准备渡河逃走，又被冀州刺史丁绍截杀，队伍溃散，汲桑和石勒分头逃跑。

司马越连连收到捷报，这才回到许昌驻守，随后封丁绍为宁北将军，监督冀州军事，加封苟晞抚军将军，督理青、兖二州的军事。

汲桑逃到马牧后，被司马腾的旧部杀死。石勒从乐平回乡，想去投奔刘渊，但是怕只身前往，不被重视。于是他游说胡人部落首领张督一同前往，石勒能言善辩，张督听得心服口服，最后他答应和石勒一起去拜见刘渊。

刘渊正想招纳人才，看见石勒和张督前来投奔，自然是十分高兴。他封石勒为平晋王，张督为亲汉王，并派石勒去上党招人，招来的人由石勒统领。

乌桓的一个部落首领张伏利度，手下有两千士兵，他们经常在

乐平出没。刘渊曾派人去招揽，但是屡次遭到拒绝。石勒设下一计，成功地让张伏利度归附刘渊，刘渊大喜，他又让石勒统领山东军事，并将张伏利度旧部全部交给石勒调遣。

另一边叛乱的伪楚公陈敏占据江东有一年了，他控制下的江东混乱不堪，民不聊生。陈敏的部下顾荣等人因此心生叛意，恰好这时庐江内史华谭送来密信，说陈敏是一个叛逆奸人，号召众人一起反抗他。

顾荣收到书信，既为自己是陈敏的部下而惭愧又为有机会除掉陈敏而兴奋，他立即派人联络征东大将军刘淮，要他发兵攻打临江，自己做内应，并附上头发表明决心。刘淮即刻派兵讨伐陈敏。

陈敏召顾荣商量对策，顾荣提议让陈敏的弟弟陈昶和太守陈宏外出防御。陈敏听从了顾荣的话。

陈敏的一个弟弟悄悄对陈敏说道："我看顾荣不怀好意，他这是故意遣开我们兄弟，一旦发生变故，就来不及了，不如先杀了他。"陈敏听了这话把弟弟训斥了一顿，仍然十分信任顾荣。

不久，陈昶的手下钱广叛变，将他杀害，并将其首级示众，还称是受了密诏讨伐逆贼，其他人只得听命于钱广。众人驻扎在朱雀桥南边，接着钱广传令讨伐陈敏。

陈敏听说钱广叛变，十分惊慌，便让甘卓带着精兵前去抵御。顾荣害怕陈敏起疑心，赶忙来到陈敏身边说："钱广叛变应该迅速派兵讨伐，但我担心城内有钱广的同党，所以特地来保护您。"

陈敏诧异地说道："你应该出去镇守，怎么能顾及我呢？"顾荣只得退出。接着，顾荣说服甘卓反叛，甘卓马上带兵渡桥并拆毁桥梁和钱广合兵一处。顾荣、甘卓和钱广等人联合在一起，一同前去讨伐陈敏。

陈敏听闻后惶恐不已，只好召集一万五千名亲兵出城抵御甘卓。

14.胡寇横行

两军隔水列阵，甘卓对着陈敏的军队喊道："如今陈敏身边的大批名士都已经投效他人，我也坚持不下去了，你们趁早为自己考虑吧。"

将士们听了都犹豫不决。不一会儿，顾荣也大喊："陈敏逆天而为，惹怒上天，朝廷迟早派兵来讨伐，我们受密诏讨伐陈敏，你们难道要自取灭亡吗？"说着，将手中的白羽扇向敌军一挥，敌军都四散逃开。

陈敏见事已至此，只能回头往北逃走。顾荣随即号令将士追捕，不出几里就将陈敏抓住，押回了建业，随后下令将陈敏处斩。陈敏的其他弟弟和部下也全部被杀。

陈敏被成功铲除以后，怀帝论功行赏，顾荣等人得到了封赏。朝廷又派琅琊王司马睿为安东将军统管扬州军事，镇守建业。司马睿到了江东以后仍任用王导为司马，对他十分信任。王导劝司马睿优待名士，招揽豪杰，司马睿一一听从。江东在司马睿的管理下，

十分安宁。

江南叛乱平定以后,河北一带仍有战事。司马越虽然镇守许昌,但是朝廷的一切仍由他掌权,怀帝没有实权。司马越以邺城防务空虚为由,特命尚书右仆射和征北将军驻守邺城,又命王衍为司徒,怀帝自然批准。

王衍又推荐自己的亲弟弟王澄和族弟王敦给司马越,司马越就请奏任命王澄为荆州刺史,王敦为青州刺史。

王敦刚到青州就被司马越调回来了,他感到十分失望,但也无可奈何。青州刺史一职由兖州刺史苟晞调任。苟晞屡次建功,深受司马越器重,司马越还和他结为异性兄弟。但司马越手下的长史潘滔提醒他要提防苟晞,防患于未然。于是司马越将苟晞调离兖州这个要塞,他自己担任兖州刺史。苟晞奉命任职,但已经猜透了司马越的心思,暗自生恨。

苟晞本就严刑好杀,他担任兖州刺史时,姨母为子求官托他帮忙,苟晞不愿答应,禁不住姨母再三央求,最后才答应。后来姨母的儿子犯法,苟晞将其处斩。

堂弟被斩首以后,苟晞边哭边说:"斩你的人是兖州刺史,哭你的人是苟晞啊!"部下见他情法兼顾,都很佩服。到了青州以后,苟晞又以严刑树立威严,每日都有杀戮,当地人把他称为屠伯。

# 15. 刘氏纷争

苟晞有个弟弟叫苟纯，很懂得用兵之道。苟晞派他讨伐盗匪头目王弥，取得了胜利。后有一平阳人刘灵，他听说王弥作乱也召集盗贼揭竿而起，但是不久就被王赞打败。

此后，王弥和刘灵两人都向汉朝递交了降书，称不再作乱。

苟纯比他哥哥苟晞还要嗜好杀戮，当时民间还流传着这样一句话："一苟不如一苟，小苟毒过大苟。"

但王弥投降以后并不安分，又召集了数万名党羽进犯青、徐、兖、豫四州。苟晞奉命出征，交战数次也没能打败他。太傅司马越下令戒严，并移师镇守鄄城。

此时司马越听说朝中有人想立清河王司马覃为太子，便假传圣旨，将司马覃囚禁在金墉城，过了一个月，竟派人毒死了司马覃。

但司马越只能压制内乱，朝廷外的叛乱就镇压不住了。那王弥率军从小路攻入了许昌，逼近洛阳。司马越立即派遣司马王斌率领五千士兵护卫京师，凉州刺史张轨也派督护北宫纯等领兵支援。

这时，朝廷命令司徒王衍发兵抵御，但是被王弥打得大败，士兵溃散逃跑，京城大为震惊，急忙关闭宫门。王弥又去攻打津阳门，正好北宫纯带兵赶到，与王弥的军队展开厮杀。

王弥的党羽见北宫纯的部下来势汹汹，个个是身长力大的勇士，

顿时心慌意乱，纷纷倒退。北宫纯趁势追杀，杀得盗贼片甲不留，王弥大败，狼狈逃走了。

王弥一路被追杀，走投无路之下，就和部下王桑一起去投奔汉主刘渊去了。刘渊和王弥本就是旧交，他听说王弥前来投奔，立即接纳了他们。刘灵听说王弥归附刘渊，他也跟着去了。

刘渊让王弥、刘灵当向导，派儿子刘聪带兵朝河东进袭。北宫纯从洛阳班师回程时正好碰到了刘聪的军队，他立即带兵杀过去。刘聪来不及防备，顿时慌了手脚，匆匆收兵往回逃去。

刘渊听说儿子战败，不免感到失望。而且并州一带，有刘琨镇守晋阳，也是无机可乘。侍中刘殷、王育向刘渊建议："现在应该向四方派出将领，斩刘琨，定河东，建帝号，再一鼓作气南下，攻克长安作为都城。占据关中之后，想攻下洛阳，那就易如反掌了。"

刘渊听后不禁鼓掌表示赞赏："这正是我最初的想法啊！"于

15. 刘氏纷争

是他立即挥兵南下，接连攻下数郡。

刘渊雄心得逞以后就公然称帝了，并且大赦境内，改年号为永凤，定蒲子城为汉都。

晋怀帝永嘉三年（309年），汉太史观天象建议迁都，刘渊马上下令迁都平阳。恰好有人向刘渊献玺，刘渊大喜，认为是祥瑞的象征，又改年号为河瑞，并封儿子刘裕为齐王，刘隆为鲁王，刘聪为楚王。

晋朝的朝政仍然由司马越一人主管，他却不防范外敌，专门提防朝臣。一天，司马越忽然带兵进洛阳，见了怀帝，愤然说道："如今陛下左右的人捏造谣言，意图作乱，今天我就替陛下除去这些人。"

怀帝听了惶恐不已，便问是什么人作乱。司马越什么也没有说，命令平东将军王景带着三千甲士入宫，把怀帝的舅舅散骑常侍王延、尚书何绥（suí）、太史令高堂冲、中书令缪播等多名官员全都抓起来了，并请怀帝下旨施刑。

怀帝不敢不从，但又于心不忍，迟疑了好久都没说话。司马越却暴躁起来，厉声对王景说道："我不习惯久等，你取得圣旨后把这些乱臣交给廷尉就行了。"说完掉头就走了，样子很是嚣张。

怀帝只能忍痛下旨，把他们交给司马越处置。司马越下令将他们全部斩杀。此后，司马越随意迫害那些存有异言的大臣，朝野上下一时人心惶惶。

另一边，汉主刘渊命令大将石勒率领十多万名士兵攻打壶关，并让王弥和刘聪等人出兵支援石勒。

并州刺史刘琨得知石勒领兵进攻的消息后，急忙派遣黄肃、韩述前去支援，但两人在战乱中被杀死。

消息传到洛阳，司马越又命淮南内史王旷，将军施融、曹超率兵抵御汉兵。晋军直驱北上，越过太行山，在长平坂驻扎。这时候，刘聪和王弥的军队从两路杀来，直冲晋军阵内，晋军大乱，三员主

将全都战死。

刘聪乘胜追击,斩获一万九千人,上党太守庞淳向汉投降,交出了壶关,汉军气势大增。刘渊收到捷报,又命令刘聪等人进攻洛阳,晋朝派兵抵御,却接连战败。

刘聪大军进入宜阳,弘农太守得知汉军得胜后骄纵不已,便使用了一招诈降计。他亲自来到汉营,表示愿意归降,刘聪毫不怀疑。随后晋军夜袭汉军,汉军的军营立即被踏平,刘聪等人侥幸逃脱。

不料二十天以后,刘聪卷土重来,带领数万精兵再次来到宜阳,都城洛阳内引发一片惊慌。刘聪一路旗开得胜,直达洛阳,在西明门外扎下营垒。

凉州刺史张轨再次派遣北宫纯等人支援洛阳。北宫纯到了洛阳,和汉军面对面扎营。等到了半夜,北宫纯率领一千多名勇士偷袭汉营,刘聪手下的征虏将军呼延颢(hào)被北宫纯一刀毙命。汉军见状,害怕得直往后退,北宫纯随即杀死几十名汉兵,刘聪等人招架不住边战边逃了。北宫纯担心有埋伏,没有继续追击。

第二天,刘聪又带兵攻打宣阳门,同时分派刘曜攻打上东门,王弥攻打广阳门,刘景攻打大夏门,从四面发动进攻。但是一连几天也没有攻克,刘聪没了主意,竟然跑去嵩山求神拜佛。司马越手下的参军孙洵得知刘聪不在军营,随即挑选三千精兵,偷偷打开宣阳门,朝汉营杀去,汉军损失惨重。刘聪半路得知消息,却也无力回天,只好先退兵。

石勒攻破壶关以后,又和刘灵进攻常山,幽州都督王浚派部下祁弘前来讨伐。石勒大败,垂头丧气地逃到黎阳,刘灵则被祁弘杀死。听说幽州兵已经回去之后,石勒马上兵分四路,攻陷三十多座城寨,后又与王弥合兵,接连攻下广宗、清河、平原、阳平诸县。

捷报传来,刘渊高兴极了,加封石勒为镇东大将军兼汲郡公,

15. 刘氏纷争

派刘聪、刘曜等人和石勒一起进攻河内。河内太守裴整紧急求援，哪知援军在路上就被石勒击败。于是河内人绑架裴整投降了汉军。

怀帝永嘉四年（310年），刘渊患病，召回各路大军，河北、山东得以安宁。刘渊自知时日不多，便立梁王刘和为太子，任命齐王刘裕为大司徒，鲁王刘隆为尚书令，楚王刘聪为大司马、大单于，还在平阳城西为刘聪建造了一座府邸，并让太宰刘欢乐、太傅刘洋、太保刘延年三位心腹大臣辅佐太子。几天之后，刘渊就病死了。

接着，太子刘和继位。刘和受人挑拨，意图谋害刘聪等四王。刘裕、刘隆先后被杀。刘又被人救走后将消息告诉了刘聪，刘聪立即派军攻打都城，最后杀死了刘和及其同党。

刘聪在众人的拥护下继承了汉主之位，他有条不紊地处理好国家大事，所有官员仍然官居原职，没有任何异言。

 **16. 司马越病亡**

雍州流民王如揭竿而起，召集四五万人马攻陷城邑，自称大将军，后来向汉称藩，汉主刘聪当然高兴地接纳了他。

随后，刘聪派军大举进攻晋国，命河内王刘粲等人率兵攻打洛阳，又令石勒带兵和刘粲会师，一起前往大阳城。两军沿途四处劫掠，战火迅速蔓延开来。

并州刺史刘琨听闻消息，立即和拓跋猗卢约好一起发兵攻打刘粲和石勒，同时派人到洛阳向司马越报信。可司马越与青州都督苟晞不和，他担心苟晞会趁机作乱，所以回信阻止了刘琨发兵。

刘琨只得奉命行事。此时汉军已经逼近洛阳城，城内粮食匮乏，军民疲惫，眼看快要守不住了，这时司马越才传令四方，让各地率兵支援。哪知各路将领大多不肯应召。只有征南将军山简派兵支援，但被流民王如的军队打得落荒而逃，接着王如一行人进逼襄阳。

荆州刺史王澄号召各军，共赴国难。前锋部队到了宜城，听说襄阳被困，不由得胆怯起来。汉将石勒带着士兵到了南阳，王如等人不愿归附，将石勒堵在襄阳城。

石勒大怒，将王如的一万多名贼党全部抓住，王如则趁机逃跑了。随后，石勒占据襄阳，攻破江西四十多座垒壁。

16. 司马越病亡

司马越此时已经失去众望，心里却还不服气，听闻警报连连，便请奏怀帝要亲自前去讨伐石勒。怀帝苦劝无果，只得随他去了。司马越留下儿子司马毗（pí）和龙骧将军李恽、右卫将军何伦守卫京师，自己则调集四万兵马，即日出发。

司马越向东来到项城，驻扎下来以后向各地传发檄文，号召全国人民一同讨伐汉军。可事与愿违，檄文发出以后，没有一州一郡起兵响应。

怀帝以为司马越出征，少了这颗眼中钉，终于可以自由了，哪知道何伦等人比司马越还要厉害，看管他就像看罪犯似的。

不久石勒攻陷许昌，洛阳也岌岌可危。怀帝寝食难安，急忙下令召集河北各镇守大将进都支援，青州都督苟晞收到诏书，立即起兵响应。

这时汉将曹嶷已经进入齐地，逼近临淄。苟晞看敌军来势汹汹，不免心惊胆战。大战一番后，苟晞招架不住，弃城逃跑了。

后来，苟晞接到怀帝密令讨伐司马越，他趁机向怀帝上奏司马越的罪状。怀帝希望苟晞可以出兵削除司马越的权势，奈何望眼欲穿，也没有等来苟晞。

怀帝一面惧怕司马越，一面担心汉寇，整日忧虑不已，对着花儿落泪。何伦等人也在宫中作威作福，形同强盗。怀帝忍无可忍，于是又下诏给苟晞让他擒获司马越。

苟晞接到诏书以后，派人赶赴项城，并写了一篇表文让使者带给怀帝。可使者走到半路就被司马越的人马截住，还搜出了表文。

司马越看完不禁大怒道："我早就怀疑苟晞和皇帝串通一气了，现在果然得到证实，实在可恨！"于是派人征讨苟晞。苟晞却派人去洛阳抓捕司马越的同党，并将他们全部斩首。

司马越得到消息，感到内外交迫，进退两难，竟然忧愤成疾，

不久便逝世了。临死之前司马越召来王衍，嘱咐他后事。王衍听从安排秘不发丧，打算将司马越运回东海安葬。

讣告传到洛阳，何伦等人带着司马越的妻子儿女逃出都城，其他王爷也跟着他们一同逃难去了。整个洛阳城变得空空荡荡，只有怀帝和一些宫人还在，孤立无援，满目苍凉。

汉将石勒听说司马越病死，立即追上送葬的队伍。两军交战了两三个时辰，王衍的军队就抵抗不住了。最后，王衍及其他朝臣都被杀害。

石勒行军途中又遇到了何伦等人，晋室四十八王及司马越的儿子司马毗全都被石勒的士兵抓去，死多活少。

此时，怀帝在洛阳城终日愁苦，大将军苟晞请怀帝迁都，但是左右侍从都得过且过，不愿远行。不久，洛阳城粮草告急，怀帝这才下令迁都。但是宫内连马车都没有了，怀帝只得步行乘船，

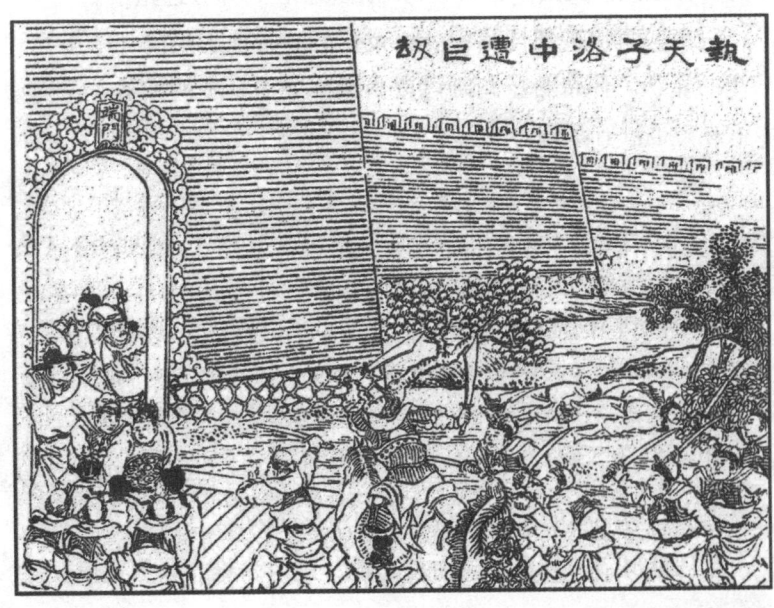

16. 司马越病亡

结果刚走出西掖门就遇到盗贼，一行人只好返回宫里。

偏偏汉军大将军呼延晏率兵朝洛阳杀来，王弥、石勒和刘曜也随后赶到。才一晚上，外城便被汉军攻破。都城已经残破不堪，汉军轻而易举地闯入宫中，将宫中抢劫一空。

怀帝等人准备逃跑时被刘曜抓住囚禁起来，朝臣及太子都被杀害，只留下两人陪侍怀帝。汉军在宫中烧杀抢掠，无恶不作。石勒是最后进洛阳的，他见城里已经形同废墟，就带兵去了许昌。

大将军苟晞驻守在仓垣，他从豫章王司马端口中得知洛阳失陷，便奉司马端为皇太子。不久石勒从许昌杀来，捉住苟晞兄弟及司马端。汉主刘聪得知以后，升石勒为幽州牧。

此时王弥想在青州称王，但对石勒有所顾忌，便写了一封信试探石勒。石勒知道他的意图之后，就设计杀了王弥，王弥的部下不敢反抗，都向石勒投降。王弥在洛阳掠夺的财物也全都归石勒所有。

汉主刘聪听闻石勒擅自杀害王弥，虽然很不满，但是为了笼络石勒，仍加封他为镇东大将军，督领并、幽二州。

而刘曜和刘粲一起进攻长安，一路都没受到什么阻碍，轻而易举地进入了长安。但关西正在闹饥荒，刘粲无处掠夺，只好快快回去，留下刘曜驻守长安。

当时海内大乱，唯独江东稍微安宁，士大夫为了躲避战乱，纷纷东渡来到江东。琅琊王司马睿听从王导的建议招揽了不少人才，其中最有名的是前颖川太守刁协、东海太守王承、广陵相卞壶、江宁令诸葛恢、历阳参军陈頵（jūn）等人。

这时石勒屯兵葛陂，命人造船准备攻打建业，司马睿得知后先发兵讨伐石勒，两军僵持了三个多月。因为连日阴雨不断，石勒的士兵染上瘟疫，死伤大半，石勒不免担忧起来。谋士张宾建

议石勒先占领邺城，夺下河北，再挥兵南下。现在先行把军备运走，然后慢慢退兵。

石勒听了拍手叫好，他派侄子石虎带兵抵挡晋军，自己亲自带兵出发，军备在前，兵队在后，依次北去。

石虎率军前往寿春时，遇到了江南数十艘运粮船，他立即指挥士兵上前抢夺。结果中途遭埋伏，士兵纷纷溃逃，石虎也骑马逃走。

石勒北上时，沿途防守森严，无从掠夺。等到了东燕准备渡河，石勒听从谋士张宾的建议，趁夜用绳索套取汲郡太守向冰的船只，大军趁机过了河。石勒又派主簿鲜于丰挑战，向冰不忍辱骂，率兵出战，结果中了石勒的埋伏，落荒而逃。

石勒大军继续向邺城进发。邺城守将刘演分兵防守铜雀、金虎、冰井三台，守备森严。石勒在张宾的建议下，改变目标先去攻打襄国，毫不费力就占领了城池。石勒随后派诸将去攻打冀州，收降了多个郡县，抢来当地粮食作为军饷。

17. 石勒诱杀王浚

话说石勒从小就和母亲王氏失散,并州刺史刘琨找到了石勒的母亲,并把她送回石勒身边。刘琨想借此来劝说石勒归降,石勒婉言谢绝了刘琨。

当时刘琨宠信歌伎徐润,徐润恃宠而骄,干预军政。护军令狐盛直言进谏,刘琨却一味偏袒徐润,杖杀了令狐盛。令狐盛的儿子令狐泥悲伤之下投靠了汉主刘聪,并将晋阳的情况一五一十都告诉了刘聪。

刘聪不禁大喜,立即派河内王刘粲攻打并州,又让中山王刘曜带兵支援。汉军步步紧逼,刘琨一方的将领纷纷败退逃亡,或者干脆开门迎敌,刘琨的父母被闯入的汉军杀害。

刘琨听说晋阳被汉军包围,急忙派兵回去支援并且联合拓跋猗卢一起作战。刘曜带兵迎战,两军交战,刘曜一方被拓跋猗卢的军队杀得七零八落,东逃西窜。刘曜也身受重伤骑马逃走。

关中郡县已被贾疋等人带兵平复,刘曜也被赶出长安。贾疋等人奉秦王司马邺为皇太子并把他接到长安。此时怀帝已经被汉军捉去一年多了,他先被刘聪封为平阿公,后又封为会稽郡公,派兵看守起来。

建兴元年(313年)元旦的时候,刘聪宴请群臣,他让怀帝改

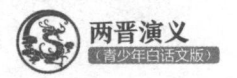

穿青衣,站在一旁给他斟酒,怀帝被欺辱,满面羞惭。

一个月后,有人诬陷晋朝旧臣庾珉、王浚密谋叛乱,于是刘聪杀了他们,并且赐死了怀帝。怀帝在位四年,死的时候年仅三十岁。

秦王司马邺进入长安一年多了,这里刚遭受战乱,百姓不足百户,到处荆棘丛生。太子詹事阎鼎和征西将军贾疋专揽大权,在与朝臣争权的过程中被杀,最后麹允和索綝二人一同号令关中。

怀帝去世以后,司马邺正式继位,史称晋愍帝。愍帝传旨大赦天下,改年号为建兴,任命麹允为尚书左仆射,录尚书事,索綝为尚书右仆射,领吏部京兆尹,又封琅琊王司马睿为左丞相,南阳王司马保为右丞相,两人分别统领陕东和陕西的军事,并下诏让两王带兵北伐。

此时司马睿镇守江东,他收到诏令后并不愿行动。不久,朝廷又派使者刘蜀、苏马来催促,司马睿还想拖延,他对使者说:"眼

17. 石勒诱杀王浚

下江东刚刚安定，暂时抽不出兵力北伐，还请朝廷宽限一些时日。"然后写了一篇表文让使者带回复命。

司马睿的做法惹恼了一位正义之士，那人便是军谘祭酒祖逖。祖逖与刘琨是旧识，二人意气相投，年少时曾同床共寝，一起求学练剑。那时夜半听到鸡叫声，祖逖就一脚把刘琨踹醒，说道："这不是噪声，而是唤醒世人的声音，赶紧起床舞剑。"

祖逖听说司马睿两次拒绝北伐，直接跑去求见司马睿，劝他为国效力，雪洗国耻。司马睿见祖逖义正词严也不好反驳，就赐给他千人份的粮食和三千匹布，让祖逖自己招兵买马。

祖逖拿了这些东西，立即率领部下百余人乘船渡江。船行驶到江心，祖逖拍打着舟楫慷慨激昂地说："我祖逖如果不能收复中原，就如同这长江之水一去不复返。"到了江阴，祖逖在当地冶铁锻造兵器，招募了两千多人，然后向北挺进。

并州都督刘琨听说祖逖起兵渡江，感慨道："我曾担心祖逖比我先立功，如今他果然行动了。"这时候刘琨已经被封为大将军，统领并州军事。他想为国效力，但苦于兵力不足，于是向愍帝上奏表明自己为国效力的决心。

正在这时，石勒派侄子石虎带兵攻打邺城。石虎身高七尺五寸，勇猛嗜杀，邺城很快被石虎大军攻破。

汉军得胜以后越来越嚣张，刘琨再次邀请拓跋猗卢一起出兵抵御汉军。他们分三路进军，刘聪也分三路抵御。刘琨见汉军有所防备，不愿再战，就退兵了。

刘聪又派刘曜攻打长安。愍帝得到消息，急忙派麹允出黄白城抵抗汉军。麹允接连战败，关东地区人心惶惶，愍帝又派索綝带兵支援麹允。

刘曜料定长安此时无人防守，就派降将赵染带领五千精兵进

攻长安。汉军长驱直入,好像进了空城。愍帝在熟睡之时突然有侍卫进来报告,说是汉军已经进了外城,愍帝听后吓得不轻。

汉军一时无法进入内城,于是在外城纵火焚掠军营。第二天天亮,刘曜带兵支援赵染,晋将麴鉴手下只有五千人,敌不过刘曜大军,只能大败溃逃。但是麴允料想刘曜获胜后肯定疏于防备,就趁夜偷袭,果然打了一场大胜仗,刘曜和赵染被逼退到了平阳。

占据襄国的石勒一心想夺取幽州和并州,为此想了许多办法。

幽州都督王浚自从洛阳失陷后就假立太子,自命尚书令,设置百官。王浚随后联合各路兵马攻打石勒,石勒出战不利,逃回城中。鲜卑部落段疾陆眷与王浚是甥舅关系,派遣侄子段末柸(bēi)带兵攻城,段末柸反被石勒抓住做了人质。

石勒采取攻心计,成功拉拢段疾陆眷。段疾陆眷还和石虎结为兄弟,订立盟约,互不侵犯,接着带兵撤退。

段氏被石勒诱去,就像斩断了王浚的一只胳膊。王浚此时觉得没什么大不了,还和刘琨争夺冀州。刘琨没有兵力与他相争,只好由着他耀武扬威。

王浚又派女婿枣嵩和段疾陆眷一起讨伐石勒,段氏因为之前与石勒订有盟约,所以不肯出兵。王浚对他恨之入骨,就贿赂拓跋猗卢,让他征讨段氏,并让鲜卑部落酋长慕容廆派兵协助。

拓跋猗卢的军队被段氏打败,但慕容廆英勇善战,顺利攻下徒河。

幽州近年来饥荒连连,王浚却还为非作歹,横征暴敛,百姓更加困苦不堪。石勒想趁此机会拿下幽州,他一方面向王浚进献珍宝,假意投靠王浚,另一方面贿赂枣嵩,让他代为周旋。王浚信以为真,派使者回访石勒。

石勒早已把精兵强将藏了起来,只派羸弱的士兵站岗,竭力

17. 石勒诱杀王浚

表现出一副谦卑恭敬的样子，表达自己想要前去拜访王浚的愿望。使者回来汇报石勒手下都是一些老弱残兵，本人对王浚忠诚无二，王浚和枣嵩听了都高兴坏了。

石勒随即部署兵马准备奔赴幽州。为了解决后顾之忧，石勒的谋士张宾还给刘琨写了一封求和信，刘琨收到信后大喜，丝毫没有起疑心。

王浚手下的督护孙纬察觉石勒来者不善，规劝王浚阻止石勒，但是王浚并不相信，还准备为石勒接风洗尘。

两天后，石勒率领兵马来到蓟州，叫开城门。他先赶了几十头牛进城堵塞通道，假称是进献的礼物，实际上却是阻截伏兵。发现城中没有埋伏之后，他立即领兵进犯，四处杀掠。王浚得知后惊慌不安，随后他就被石勒绑起来押往襄国，他的部下也都被处死。

石勒在返回襄国途中，被督护孙纬袭击，汉军大败，只有石

勒一人逃了回去。回到襄国，石勒立即杀了王浚并把他的首级送往平阳。刘聪任命石勒为大都督兼骠骑大将军，又加封他为东单于。

刘琨得知幽州军情后，才知道被石勒骗了，懊悔不已，于是派人邀请拓跋猗卢一起攻打汉军。不料，拓跋部发生内乱，拓跋猗卢无暇分心，刘琨只好作罢。

不久，长安派来使者说关东打了胜仗，刘琨得知刘曜败逃，赵染身中数箭坠马而亡，汉军大多战死，这一仗晋国算是大获全胜。

 晋 | **18. 西晋灭亡**

刘琨为了找一个盟友一起讨伐刘聪,就奏请晋愍帝加封拓跋猗卢为王。愍帝同意了,封拓跋猗卢为代王,还为他置办了王府。但是拓跋猗卢家族内部因为立储问题危机四伏,拓跋猗卢不敢远行,因此不能帮助刘琨伐汉。

汉主刘聪自认为国力强盛,因此变得恣意妄为,奢靡淫乱。中将军王彰直言相劝却被刘聪关进大牢,文武百官都替王彰求情,刘聪这才放了他一马。

后来刘娥做了皇后,刘聪对她万分宠爱,还下令建造宫殿金屋藏娇。廷尉陈元达上奏劝谏刘聪要俭朴治国,不要胡乱建造宫殿了。刘聪看完陈元达的奏书,顿时火冒三丈,骂道:"朕是一国之主,建一座宫殿,关他什么事!还敢口出狂言藐视我,不杀了他,朕的宫殿怎么能建成?"说完下旨要将陈达元和他的妻子斩首。

陈达元不服气,跑去找刘聪理论,刘聪更气愤了,直接命令左右把他杀了。几位大臣拼命求情也没有用,最后得亏刘皇后以死劝谏,刘聪才把陈元达放了。

建兴二年(314年),刘皇后因难产去世了,刘聪没过多久竟然连封三位新皇后。他因此变得更加荒淫,终日不出宫门,还任命儿子刘粲为丞相,管理国事。

刘聪虽然不是明君,但是余威尚存,石勒和刘曜的军队又进退无常,他们对晋朝来说始终是祸患。

建兴三年(315年)二月,困守长安的愍帝加封司马睿为丞相,督领中外军事,司马保为相国,刘琨为司空,想让三人去讨伐刘聪。无奈刘琨和司马保心有余而力不足,司马睿又以两江叛乱未平为由不愿出征,伐汉之事一直耽搁着。

当时沿江有杜弢、胡亢、杜曾等人作乱,荆、湘两地的百姓长年流离失所,不得安生。荆州刺史周顗(yǐ)去镇压叛军,却被杜弢打败,退到了浔水城。扬州刺史兼征讨都督王敦得知消息,派陶侃等人合力讨伐杜弢。

陶侃命明威将军朱伺为前锋,奋力击退了杜弢。陶侃对朱伺说:"杜弢一定会趁我没有防备,转攻武昌,我军必须立即回城拦截,不能中了他的诡计!"说完让朱伺率领一支轻骑部队从小路赶回武昌。

朱伺到了江陵看见城池安然无恙,就在城外安营,忽然听见远处喊声大作,料想是杜弢的军队攻过来了。他不禁大呼:"陶公果然料事如神啊!"

两路人马交战正酣,陶侃带队从后面赶到,杜弢的军队被前后夹击,损失惨重。得胜后,陶侃派人向王敦告捷,王敦便上表朝廷,封陶侃为荆州刺史。

这时候杜曾和胡亢两人窝里斗,杜曾派人杀了胡亢并吞并了他的军队。谁知陶侃手下的王贡和杜曾勾结在一起,两人合谋偷袭陶侃,还好陶侃侥幸逃脱。

杜曾、王贡和杜弢三人又联合起来四处劫掠,王敦命陶侃等人合力退敌。经过大小数十战,杜弢等人战败,他派人向司马睿送去书信表示愿意立功赎罪,司马睿就任命杜弢为巴东监军。

杜弢已经接受朝廷诏命，但是征讨他的诸多将士却不肯罢兵，仍然继续攻打他。杜弢愤恨不已又开始作乱，最后被陶侃的军队打败，杜弢战死，杜曾逃到了石城，大多数士兵都投降了。

至此湘州战事被平定，司马睿提拔王敦为镇东大将军，掌管江、扬、荆、湘、交、广六州兵权，权势日益增大。荆州刺史陶侃的功劳最大，反而遭到了王敦的妒忌，陶侃不知道王敦的心思，仍然带兵去攻打杜曾。

杜曾见陶侃力战不退，也不愿再坚守石城，于是率兵冲出包围后离去。陶侃准备回江陵，临走之前与王敦告别，他的部下朱伺等人都说王敦妒忌心强，让他不要去。

陶侃不听劝，果然被王敦扣押了。王敦左思右想要不要杀了陶侃，最后在谘议参军梅陶、长史陈颂的劝谏下放了陶侃，但陶侃的儿子陶瞻被王敦留下做参军。

再说刘曜奉汉主刘聪的命令攻打关中,愍帝任命麹允为大都督带兵抵御。刘曜很快占领了凤翔,又开始攻打北地,麹允势单力薄,不敢应战,只得向长安请求支援。

奈何长安无兵可调,朝廷只得向南阳王司马保求助。司马保只派了镇军将军胡崧为前锋,还要等其他援军到齐了再去支援。麹允在支援北地的时候不幸中了刘曜的计,只能急忙逃窜,手下的士兵也只剩了几百名。

麹允派人去请安定太守焦嵩派兵支援,可焦嵩看不起麹允,迟迟没有行动,麹允也无可奈何。

这时刘曜已经攻占了泾阳,直逼长安,沿途的晋军拼死抵抗也无济于事。晋愍帝只能四面征兵,刘琨本想约拓跋猗卢一同支援关中,偏偏猗卢被其儿子所杀,拓跋部发生内乱,无暇他顾。

刘琨孤掌难鸣,只能自保,司马睿因为路途遥远,一时不能西行。只有凉州刺史张寔派部将王该率领五千人支援长安,但是未能击退刘曜,其他的援军看见刘曜声势浩大也都退缩了。

刘曜见各路晋军观望不前,直接率大军攻打长安,外城很快沦陷,转而又攻打内城。

长安城里已经粮食匮乏,百姓有的饿死,有的逃亡,入城的凉州义勇军千人也战败了。晋愍帝整日胆战心惊,他找来麹允和索綝商议对策,最终无计可施,只得向刘曜递了降书。建兴四年(316年),长安失守。

刘曜押解晋愍帝等人去了平阳。在汉廷光极殿上,麹允伏地痛哭,惹怒了刘聪,刘聪下令将麹允关押,麹允便自杀了。刘聪任命愍帝为光禄大夫,封怀安侯,下令将索綝斩首。之后,汉主刘聪大赦天下,改年号为麟嘉,命刘曜担任太宰,统领陕西军事,改封为秦王。至此,西晋两都一并覆灭,西晋灭亡了。

18. 西晋灭亡

长安陷落以后,各路援军也都撤退。愍帝投降的前一天曾写好了诏书,加封张寔为凉州牧,并命司马睿继承大位。

张寔看到愍帝的诏书,大哭了三天,然后派司马韩璞等人率领万名士兵攻打汉室,还派人联系司马保一同伐汉。韩璞等人到了陕西,被数万汉军阻拦。韩璞见双方兵力相差太大就领兵撤回了。

此时汉军四处劫掠,雍、秦两州百姓颠沛流离,只有凉州一带由张寔镇守,仍然安然无恙。

弘农太守宋哲从长安逃到建康,来拜见司马睿,并让他接受愍帝的诏书继承王位。司马睿再三推托,不肯继位,众人不敢再劝,只好称司马睿为晋王。司马睿同意了,择日继承晋王之位,改年号为建武,改建业为建康。

 **19. 东晋建立**

长安陷落的时候,刘聪派石勒去攻打刘琨,刘琨中了石勒的埋伏逃往蓟城,投靠了段匹磾。段匹磾很器重刘琨,两人以兄弟相称,并结为姻亲,二人发誓一同光复晋室。

汉主刘聪沉湎于享乐,不理朝政,他的儿子刘粲野心勃勃,不仅想继承王位,还想一统中原。刘粲先是诬陷太弟刘乂谋反,导致刘乂被废,自己被立为皇太子。后来因为晋军扬言要活捉刘粲换回天子,刘粲又请奏处死愍帝,刘聪同意了。建武元年(317年)十二月,刘聪下令杀死愍帝,愍帝去世时年仅十八岁。

愍帝被害的消息传到了建康,晋王司马睿哀痛万分。百官多番上奏让司马睿继承皇位他都拒绝了。右将军王导进言说:"请殿下早日登基,好让四海有主,一心征讨胡虏。"司马睿听从了王导的话,然后祭告天地,继承皇位,改元为大兴。

司马睿是江东开国的第一个君主,他建立了东晋,史称晋元帝。元帝的儿子司马绍颇为仁孝,又亲贤礼士,虚心纳谏,被立为太子,其他大臣也都各有封赏。

突然从河北传来噩耗,前并州都督刘琨被幽州刺史段匹磾杀死。原来刘琨卷入了段氏内斗,遭到段匹磾猜忌,最后被杀。元帝听说此事后,由于忌惮段氏的势力不敢轻举妄动,也没有为刘琨举行葬

19. 东晋建立

礼。刘琨手下的右司马温峤上奏元帝,称刘琨为皇室尽忠,应该加以褒奖和厚葬,元帝没有同意。

此时,南阳王司马保手下的都尉陈安举兵反叛,司马保向凉州告急,刺史张寔立即派兵支援,陈安很快退兵。

凉州兵返回,说司马保想自加尊号,破羌都尉张诜(shēn)向张寔提议,晋王司马睿有名望,应该推举他为帝。张寔于是派人前往建康,请司马睿继位,哪知使者回来报告,说司马睿已经继位了。张寔不免心生嫌隙,与晋朝离心背德了,此时凉州也成了一个独立的小国。

当时在晋朝和刘汉之外,还有匈奴、鲜卑、羯、氐、羌等少数民族所建的政权。

而汉主刘聪骄奢淫逸,不管政事,朝中奸臣当道,贿赂成风。刘聪的次子刘敷多次劝谏,刘聪却严厉呵斥,刘敷不久因忧愤而亡。

后来刘聪住的宫殿突然发生大火,烧死了皇室子孙二十多人,刘聪躲在床底下才逃过一劫。

但是刘聪仍然本性不改,有大臣上奏劝谏,刘聪直接让太子刘粲将他们斩首。刘聪整日沉溺酒色,身体患了病,精神变得恍惚,他常称自己看到了死去之人。

刘聪越想越觉得害怕,便把太子召到身边,说:"我的病越来越严重了,还常常看见鬼怪,我想是小儿刘约来接我了。眼下乱世未平,如果我死了,不必遵守古制,要早日出葬。"

过了几天,刘聪病逝,共计在位九年。随后,太子刘粲继任汉主。

刘粲是刘聪的长子,小时候也很聪明,文武兼备。可自从当了宰相以后,他就亲小人、远贤臣,任性苛刻,不听劝谏。他和刘聪一样荒淫无道,挥霍无度,甚至比刘聪更甚。

司空靳准心怀鬼胎,他向刘粲进谗言,说各位公侯有心谋乱,刘粲听信了他,将众多刘氏王公斩首。

事情还没完,刘粲又举行大阅兵,谋划讨伐石勒,他命刘曜为相国,掌管军事,命靳准为大将军,掌管尚书事务。

靳准一味怂恿刘粲沉湎享乐,借机攫取军国大权。哪知靳准一旦掌握大权,就让人把刘粲刺死了,还把刘氏家眷全部斩首。他又命人挖了刘渊和刘聪的陵墓,纵火焚烧了刘氏宗庙,行事无比狠辣疯狂。

靳准自称大将军、汉天王,然后派人把传国玉玺送还给晋廷,并说:"靳准已经铲除了刘氏,为晋朝报了仇,将要扶送晋愍帝的灵柩回归故里。"元帝收到消息之后,立即派太常韩胤等人恭迎靳准。

韩胤一行人还没到平阳,刘曜、石勒等人已经出兵攻打靳准了。

石勒占据襄陵北原,靳准多次出兵挑战,他都坚守不动。石勒写信给刘曜,相约两军会师后一同攻打靳准。

19. 东晋建立

刘曜听说母亲和兄弟都被靳准害死，不禁悲伤痛哭，他发誓要为亲人报仇雪恨。呼延晏等人请刘曜称帝，刘曜同意了。

刘曜封石勒为大将军，进爵位为赵公。石勒率兵进攻平阳，收服了七万多名羌、羯百姓。刘曜又让征北将军刘雅等人在汾阴驻扎，作为声援。

靳准听说刘曜派两路人马攻打自己，担心敌不过，就派侍中卜泰，前往石勒营地议和。石勒和刘曜同意了，但靳准害怕刘曜是假意接纳他，当下犹豫不决。靳准手下诸多将领见状，刺杀了靳准，并推选靳明为盟主，让人把传国玉玺献给刘曜。

刘曜得到玉玺后，让使者回去告诉靳明，接受他的归降。于是靳明带着平阳的百姓来投奔刘曜，没想到刘曜却把他连同靳氏族人全都处死了，只留下了靳康的一子一女。

随后，刘曜追封母亲为宣明皇太后，册立惠帝的妻子羊氏为皇

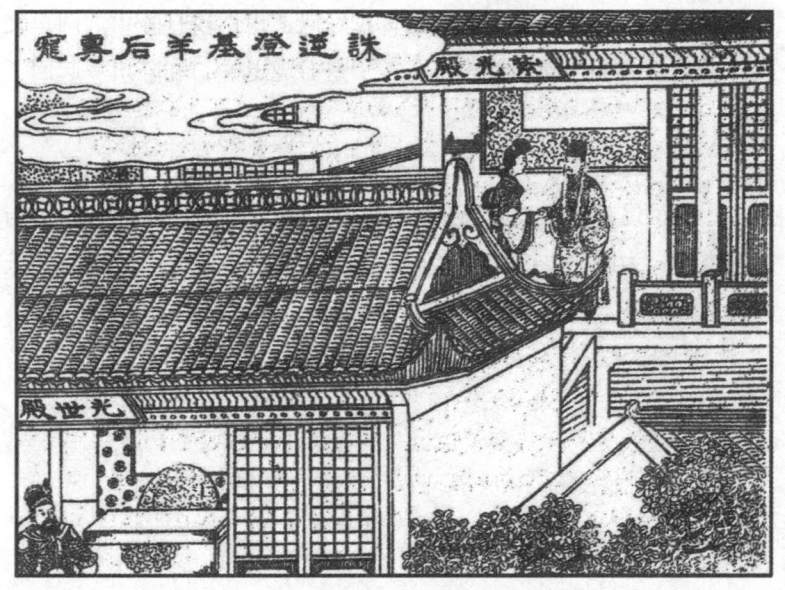

后，并把羊氏所生的长子刘熙立为太子，自此建立了大赵。

石勒此时也加封为赵王。他进入平阳以后，一面修复刘渊和刘聪的陵墓，收殓刘粲等人的尸体，一面派左长史王修到长安恭贺刘曜继位。刘曜见石勒的表文言辞恭逊，十分欣慰。石勒又派舍人曹平乐到长安拜见刘曜，刘曜也盛情招待，并将他留在身边。

有一天，曹平乐对刘曜说："大将军派王修到此，其实是想打探朝堂的虚实，陛下不得不防啊！"刘曜听信了他的话，派人把王修斩首。王修的随从刘茂逃回，向石勒禀明情况，石勒听完气愤至极，派人把曹平乐的家人杀害。

从此，石勒昭告天下，与刘曜势不两立。

秦州刺史陈安是个反复无常的小人，曾经背叛南阳王司马保，后又投降。当昏庸无能的司马保被手下密谋杀害后，他立即投靠了刘曜。

而蓬陂坞主陈川曾与祖逖结怨，他想求取外援，打算投靠石勒。石勒派侄子石虎率兵去支援陈川，正好遇上祖逖攻打陈川。两军交战，祖逖打败了石虎的前锋部队，于是石虎退兵，和陈川一起回了襄国。

不久，石勒在众人的拥护下称帝建国，史称后赵。

听闻祖逖打败了留守蓬陂坞的桃豹军队，石勒很担心，决定与祖逖讲和。为此，他特意修缮了祖逖祖父的陵墓，还杀了背弃祖逖、归降他的周密。祖逖深受感动，回信表示感谢，约定彼此互不侵犯。

 20. 王敦起兵叛乱

石勒与祖逖讲和之后，开始谋划夺取幽、冀、并三州。

当时幽州刺史段匹磾因为杀死刘琨众叛亲离。段末柸多次派兵攻打他，段匹磾敌不过就和弟弟段文鸯逃往乐陵，投奔冀州刺史邵续。后来段匹磾联合邵续攻打段末柸，段末柸仓皇逃命去了。段末柸的弟弟占据蓟城，段匹磾又去攻蓟城。邵续则带兵返回。

石虎见乐陵城中空虚，发兵来攻。邵续战败被押往襄国。石勒见邵续对晋王室一片忠心，深受感动，派人盛情款待邵续，并任命他为从事中郎。邵续不愿接受，从此隐退田园。

段匹磾得知邵续被抓后，连忙与弟弟段文鸯返回营救邵续。他们与石虎的军队血战一番后进入乐陵城。此后，段文鸯与邵续的子侄奋力镇守乐陵，石虎等人又不断派兵攻城。

双方几次交战后，乐陵城内粮食已经耗尽。段文鸯决定与石虎决一死战，率领数十名壮士出城挑战，最终精疲力竭被石虎擒获。

元帝得知消息后，派王英领兵北伐。王英到了乐陵就被困在城里了。段匹磾本想和王英突围，偏偏邵续的弟弟邵洎叛变，他胁迫众人，打开城门投降。

石虎将众人带往襄国，于是幽、冀、并三州都归属了后赵。

后来段匹磾和部下密谋匡复晋室，结果事情泄露，石勒将他们

全部杀死,段文鸯、邵续也被毒死。

此时东晋江州牧王敦扼守长江,权倾朝野。他担心杜曾难以制服,便令梁州刺史周访捉拿杜曾,并承诺事成之后封他为荆州刺史。

周访在沌阳驻兵,出奇制胜,打败了杜曾。杜曾逃往武当,汉、沔地区得以平定。周访又鼓舞士兵一鼓作气,将杜曾及其余党一网打尽,于是再次带兵攻打杜曾。杜曾在武当无路可逃,只得束手就擒,最后被周访斩首。

此时,荆州刺史王廙滥杀陶侃的部将,惹得军民怨声载道。元帝听说后,让周访接任荆州刺史。王敦之前与周访有约,面对朝廷的安排他没有异议。

偏偏从事郭舒对王敦说:"周访已经是梁州刺史了,再让他担任荆州刺史,只怕以后会成为您的隐患。"

王敦听了这话,就奏请元帝自己要担任荆州刺史一职。元帝不

20. 王敦起兵叛乱

好反驳，只得答应了他。周访为人谦虚，从不邀功，但因为此事也对王敦产生怨恨。可周访年事已高，击败杜曾一年之后就病逝了。

元帝派甘卓继任梁州刺史，镇守襄阳。甘卓还没到，王敦已经派郭舒掌管了襄阳的兵马。甘卓到了以后，王敦便召回郭舒。

元帝想封郭舒为右丞相，但是王敦不让郭舒赴任。元帝不免对王敦心生怀疑，他开始重用刁协、刘隗，打压王氏势力。王敦自此心怀怨恨。

后来王敦向元帝推荐自己的亲信沈充担任湘州刺史，元帝没有听从，而是任命了谯王司马承。王敦受挫，免不了嘲讽一番司马承。

大兴四年（321年），春季天象异常，夏天发生地震，当时的人都认为这是不祥之兆。元帝担心王敦叛乱，命戴渊为征西将军，掌管司、兖、豫、并、雍、冀六州军事，命刘隗为镇北将军，掌管青、徐、幽、平四州军事。

这两人名义上是征讨胡虏，实际上是防范王敦。王敦本就狂妄自大，没有把这些人放在眼里，他真正害怕的只有祖逖。

当时祖逖肃清河南，正打算收复河北，偏偏朝廷派来一个徒有虚名的戴渊统领豫州。又听说朝堂之上王敦与刁协、刘隗争权，祖逖为国忧心，郁郁寡欢，最终愤懑而死，时年五十六岁。

王敦收到祖逖的死讯，喜出望外，自认为天下无敌了，立即率兵向武昌进发。元帝得知王敦造反，不由得大怒，马上召回戴渊和刘隗，并且下诏讨伐王敦。

王敦毫无畏惧，仍然决定出兵。王敦曾派人邀请甘卓一同造反，甘卓假装答应。但王敦起兵后，甘卓却不率兵前往，还派人劝阻王敦。王敦又去拉拢司马承，司马承却发出檄文讨伐王敦，还杀死了王敦的姐夫郑澹。

司马承派主簿邓骞劝说甘卓一起讨伐王敦，甘卓一开始犹豫不

决。邓骞等了两三天，又去见甘卓："将军拥有盛名，只要率领精锐部队讨伐逆贼，还怕不能取胜吗？如今束手安坐，自等灭亡，难道不是不明智、不义的行为吗？"甘卓听完这番话，内心有所触动，不禁跃跃欲试。

恰好王敦的参军乐道融也来拜见甘卓。等到没有其他人在场时，他对甘卓说："此次前来，我受托于王大将军，但我终究是晋臣。您是重臣，千万不能造反，否则违背大义，会遭世人唾弃。您不如假装答应出兵，然后偷袭武昌，这样就可以立大功了。"

甘卓一听，喜上眉梢，说道："此计正合我心意。"随后，甘卓一方面派人打探起义的情形，另一方面派人邀陶侃会师讨伐王敦。元帝对甘卓和陶侃委以要职，让他们一起攻打王敦。

王敦得知后也有些担心，便让兄长王含固守武昌防备陶侃等人，同时派部将率领两万精兵攻打长沙。长沙属于司马承管辖地，但此地城墙没有修缮好，物资储备又不齐全，肯定抵挡不住大规模进攻。

有人劝司马承投降，但是他宁死不屈，顽强抵抗。邓骞得知长沙被围，立即请求甘卓前去支援。偏偏甘卓已没了当初发檄文讨伐王敦的气势，无心支援，只是去信安慰司马承。

等刘隗抵达建康，他向元帝请求诛杀王氏一族，元帝没有答应。王导听闻后，每天带着族人去向元帝请罪，尚书周𫖮也替王导说好话，最终元帝没有加罪王导，还命王导为前锋大都督。

随后，王敦攻下石头城，戴渊和刘隗等人听说后带兵来攻打。可他们都不懂兵法，手下的将士也没什么纪律，王敦的军队不费吹灰之力就取得了胜利。

战败的消息传回朝廷，太子司马绍打算亲自带兵出征，但被人拦下。元帝愁眉不展，再三思索后派使者转告王敦，说愿意将帝位让给他。王敦对此置之不理。

 21. 王敦覆灭

刁协、刘隗被王敦打败，狼狈逃回宫中，元帝只能让他们都逃命去。两人出城后，刁协被人所杀，刘隗则带着家眷投奔了后赵。

王敦见到元帝派来的使者还是没有收兵的意思，元帝又请百官去劝王敦罢兵，王敦依然无动于衷。王导和百官商量了一个办法，他们奏请元帝大赦天下并给王敦升官晋爵，元帝答应了。

元帝派使者给王敦传诏，王敦直接对使者说："我压根不指望升官，只是想为民除害，我也不愿接受这些封赏。"使者见劝不动王敦，只好回去复命了。

王敦想找机会废了太子，但中庶子温峤据理力争，粉碎了他的阴谋。后来王敦担心周𫖮和戴渊声望过高，就杀了他们。

元帝眼看两位大臣被杀，又派人去劝导王敦，但是他并不听劝，而且仍然不肯罢兵。王敦派大将沈充攻陷吴郡，内史张茂被杀。

此时甘卓的大军驻扎在附近，他见周、戴二人被害，一直不敢妄动。乐道融再次劝谏甘卓抵抗王敦，他也没有听从，竟然带兵退回襄阳了。王敦听说甘卓退兵，就擅自调任百官及各处镇将，然后率兵回武昌去了。

王敦派人围攻湘州已有好几个月，司马承最终抵挡不住王敦的大军，兵败被擒。他在押往武昌的途中被王敦派人杀害，时年

五十九岁。

晋廷又派陶侃担任湘州刺史,王敦不想让陶侃赴任就写信阻止他,陶侃知道王敦的势力之大便按兵不动,韬光养晦。

甘卓自从退回襄阳之后变得性情粗暴、行为失常。王敦指使襄阳太守周虑设计杀害了甘卓和他的儿子,随后派自己的人镇守襄阳。

从此以后,王敦变得更加骄横跋扈,四方上贡给朝廷的物品大都被他收入囊中。他的党羽凶狠残暴、作恶多端,百姓对他们恨之入骨,都希望王敦早点灭亡。

在王敦一步步的谋划下,长江上下游已经成了他的势力圈。司、豫、青、徐、兖诸州则被后赵夺去。

元帝在内外交困的情况下忧郁成疾,一病不起,他临死之前把太子司马绍托付给了司空王导。当天傍晚元帝就驾崩了,他在位六年,享年四十七岁。

21. 王敦覆灭

太子司马绍受诏继位，史称晋明帝。晋明帝在一些重要的职位上安排了自己的心腹，来防备王敦。王敦心知肚明，还借着觐见祝贺的名义带兵在湖县驻扎，打算再次造反。

明帝与尚书令郗鉴一起谋划讨伐王敦，但一时不敢轻举妄动。然而王敦谋逆的心思却一天比一天更急迫。

王敦的侄子王允之是一个十分机敏的孩子，他无意间听到了王敦与党羽商议谋反的事情，便把这事告诉了父亲王舒。王舒随即向明帝报告。王敦不知道自己谋逆的计划被泄露了，他还上奏明帝将自己的兄弟都封官，明帝答应了。

太宁二年（324年），王敦身患重病，找来幕僚钱凤交代后事。他告诉了钱凤三个计策，上计为遣散士兵，归顺朝廷；中计为退到武昌，据险自守；下计为率军东下，直入京都。钱凤却认为下计最好，就写信召集同党起兵造反。

明帝决定讨伐王敦。他一面让王导、温峤等人防守石头城，一面征召外镇军队保卫京师，并在王导的建议下对外诈称"王敦已死"，以此来振作士气。

王敦听到消息非常懊恼，导致病上加病。但他不甘心，立即派兵向京都进发。

王含率领的大军在与温峤和郗鉴的交战中败下阵来，惊慌逃走。王敦听说王含战败，愤怒不已，准备亲自出马，哪知刚起身就一阵头晕，倒在床上，第二天便去世了。

后来，晋廷乘胜追击，王含和钱凤都战败被杀。

叛党已经消灭，明帝封赏了众位有功之臣，册立五岁的长子司马衍为太子。奈何好景不长，明帝突然身患重病，生命垂危，他命王导、温峤等心腹大臣辅佐太子。交代完后事，明帝第二天就驾崩了，年仅二十七岁，在位三年。

21. 王敦覆灭

太子司马衍随后继位，史称晋成帝。朝中大臣商议，成帝年纪太小，不能亲政，于是尊先帝皇后庾氏垂帘听政。中书令庾亮是太后的亲哥哥，所以朝中大事实际上都由他裁决。

历阳内史苏峻自认为讨贼有功，而且手下有一支精锐的军队，便轻视朝廷。庾亮听说后就对他起了戒心。南顿王司马宗被庾亮调离要职，心里怨恨，于是和苏峻密谋铲除庾亮。

庾亮得知司马宗和苏峻的意图后，首先找了个借口杀了司马宗，还把司马宗的三个儿子贬为庶人。此后，庾亮大肆排除异己。

当时后赵将军石聪进攻寿春，正在寿春驻守的祖约向朝廷求援。庾亮却因为和祖约的私人恩怨不肯派兵援助。石聪继续进犯，建康大震，幸好苏峻派兵击退了石聪的军队。

庾亮为了阻截胡寇想就河筑塘，将寿春隔开。祖约知道后生气地说："这明明是让我陷于险境啊！"于是与苏峻密谋抗命。

庾亮认为二人勾结起来必将给朝廷带来祸患，便征召苏峻为大司农，加封散骑常侍，并再三催促苏峻回朝。苏峻不肯接受，联合祖约起兵造反，讨伐庾亮。

庾亮不懂兵法又一意孤行，在与苏峻的交战中几次错失良机，导致节节败退，最后带着弟弟等人逃往寻阳。

苏峻带兵进入台城，大肆劫掠，后又进入宫内，让成帝下诏大赦，只有庾亮兄弟不在赦免之列。苏峻平时很敬重王导，所以还让他担任原职，自己则任骠骑大将军，令祖约为太尉，其他党羽各有封赏。

晋 | 22. 苏峻败亡

建康被苏峻占据，江州刺史温峤联合庾亮准备一同讨伐苏峻，但两人互相推让盟主之位。这时，温峤的堂兄温充提议让手握重兵的陶侃当盟主，温峤觉得有道理，便派人赶往荆州邀请陶侃。陶侃因和庾亮不和，婉言谢绝了。

后来，温峤在参军毛宝的建议下，给陶侃写了一封言辞诚恳的信。陶侃果然有所打动，派督护龚登率兵前来相助。

温峤又派人送去一封信，言明陶侃的儿子陶瞻在与苏峻大军交战中战死。陶侃看完悲痛万分，立即出兵与温峤会合。温峤喜出望外，叫上庾亮一起去迎接。至此三人起兵前往建康，声势十分浩大。

徐州刺史郗鉴也率兵加入讨逆的队伍，他派人向温峤献计说："请温公先修筑营垒，屯据在要害之处，然后断了叛贼的粮道。叛贼进退两难，不出一个月就溃散了。"温峤听了十分赞同。

苏峻得知四方起兵，听从参军贾宁的计谋，从姑孰退兵到石头城，然后分兵抵御敌军，并将成帝劫持到石头城。王导无法劝阻苏峻，只能眼睁睁看着年幼的成帝被带走。

苏峻正给祖约送军粮，祖约派人前去接应。此事被温峤的前锋将领毛宝探听到了，便想上岸劫粮。但温峤因为本部人马不擅长陆战，下令有擅自登岸者，立即处死。士兵们碍于军令不敢行动，毛

22. 苏峻败亡

宝却说:"将在外,君命有所不受。"于是率领士兵登岸,成功将粮米夺过来了。随后他主动向温峤请罪,温峤不但没有怪罪他,还推荐他担任庐江太守。

郗鉴和雍州刺史魏该率兵与陶侃等人会合,陶侃联合几路人马一齐向石头城进发。苏峻听到大军将至,心急如焚,他急忙派几路士兵分道扼守。

庾亮的军队最先被苏峻的部下张曜击败,庾亮有些灰心,派人给陶侃送信说想要退兵。陶侃劝说道:"只不过打了两次败仗,怎能如此丧气呢?如今形势急迫,更不能自乱军心。"他劝庾亮以静制动,同时自己也按兵不动。

苏峻派部下韩晃进攻宣城。宣城内史桓彝拒绝归降,奋力拼杀,最终因为势单力孤兵败被杀。

陶侃和温峤屯兵江上已经好几个月了,温峤主张急攻,但是屡

战屡败。陶侃还是按兵不动，并在监军李根的建议下修筑了白石垒。

很快，苏峻率领上万兵马来攻打白石垒。还好陶侃早有准备，派庾亮严阵以待，苏峻无机可乘只得退兵回去。

这时，祖约的侄子祖涣等人正袭击湓口，陶侃命令魏该率兵抵御。哪知军吏报告魏该已经病故了，于是陶侃决定亲自出征。

突然毛宝在一旁自告奋勇地说道："此等小贼怎么能劳烦主帅亲自出马，让末将前去剿杀就行了。"陶侃便让毛宝前去支援。

果然毛宝等人不负众望，英勇杀敌，将祖涣等人击退。接着毛宝又攻破合肥戍垒，直到温峤召他东归，才带兵退去。

祖约战败逃往历阳，苏峻的部下听说后担心己方势单力薄，不能成事，就劝苏峻杀掉王导以断绝晋人的希望。但是苏峻向来敬重王导，没有听从，王导后来带着儿子逃跑了。

陶侃、温峤和苏峻相持了很久，一直没有分出胜负。苏峻分兵四出，接连打胜仗，陶侃和温峤两人见苏峻来势汹汹，难免有些胆寒。很快，温峤这边的军粮不够用了，他向陶侃求援。陶侃却打起了退堂鼓，准备带兵撤退。

温峤急忙劝说："社稷危急的时刻怎么能不战而退呢？这时候做臣子的更应该誓死讨伐逆贼啊，你要是退兵了，人心必定涣散，到时候众人反而要讨伐你了。"陶侃听了没有说话。

幸好毛宝说服陶侃留了下来，陶侃还给温峤送去粮食。接着，毛宝又把苏峻的屯粮全部毁了，苏峻那边没了粮食，军心大乱。

苏峻又派韩晃等人攻打大业的戍垒，守将郭默望风而逃，只留下戍卒守卫。郗鉴听说后派兵驻守大业，并向陶侃求助。

陶侃在长史殷羡的建议下采取围魏救赵的战术，先进攻石头城。苏峻听说后亲自带兵迎战。交战过程中，苏峻被钩头枪刺中摔下马背，正准备逃跑时被陶侃的部下追上杀死。

22. 苏峻败亡

苏峻死后他手下的士兵纷纷逃散，一些大将也选择投降。只有他弟弟苏逸留守石头城，紧闭城门防守，韩晃也赶往石头城去了。

苏逸又和韩晃等人一起进攻台城，正准备攻城时，却听说石头城被攻破，于是匆忙收兵退回。

围攻石头城的正是陶侃和温峤的军队，郗鉴也派长史滕含等人前去相助。滕含在石头城下与苏逸交战，苏逸一方伤亡惨重。

苏逸的侄子苏硕狂妄自大，与温峤交战立即被击毙。苏硕一死，韩晃逃跑，军心涣散。混战中苏逸被擒住，众臣成功迎回成帝。后来苏逸及其党羽都被处死，朝廷颁布诏令大赦天下。

冠军将军赵胤又派人去攻打历阳，祖约兵败后带着家人和部下投奔后赵去了。

叛党平定以后，东晋开始休养生息，朝廷也论功行赏。后来温峤因为牙病医治无效，不久就去世了，年仅四十二岁。

 ## 23. 石勒灭前赵

后赵主石勒趁晋朝内乱，接连攻陷不少地方，又令石虎率兵攻打前赵。

前赵主刘曜亲自率领水陆各军迎敌，石虎听说后准备撤兵。刘曜在后紧追不舍，两军在高候交战，石虎大败逃往朝歌。

刘曜乘胜南下进攻金墉城，奈何金墉城久攻不下，于是转攻汲郡、河内。这两处的守将都不战而降，刘曜军队士气大振，襄国面临危机。

这时，石勒最宠信的谋臣张宾病死。石勒大哭着说："老天爷不想让我成事吗？为何要夺走张宾呢？"

正当刘曜围攻金墉城的时候，石勒执意亲自出兵援助。他安排好各路人马，领着四万步兵启程。

石勒命令士兵昼夜不停地赶路，等来到洛水边，远远望见刘曜在对岸驻扎。

于是石勒开始排兵布阵。他命石虎率三万步兵往西进攻刘曜的中军，又派石堪、石聪各率八千骑兵往北攻打刘曜的前锋。一切部署妥当，大军明日一早开战。

石勒那边蓄势待发，刘曜这边却杂乱无章。刘曜见金墉城久攻不下，整日和群臣饮酒作乐。石勒大军渡河攻来的时候，刘曜才慌

23. 石勒灭前赵

忙派兵堵截。当他得知石勒亲自带兵前来吓得不轻,便下令军队退到洛水西岸。

临战的早晨,刘曜还拼命饮酒,神志不清地上了马。最终刘曜的军队因为备战不充分败给石勒,他也被石勒的部下活捉了。

石勒把刘曜押解回襄国,并派兵监守。他让刘曜给儿子刘熙写信,劝说刘熙速速投降。刘曜没有听从,反而嘱咐刘熙以江山社稷为重,不要顾虑他的安危。

石勒知道以后就把刘曜杀害了。

身在长安的刘熙听说父亲被杀,急忙与南阳王刘胤等人商量对策。刘胤认为长安难守,不如退到秦州,有大臣反对却被刘胤下令斩首。于是所有人都不敢再提出异议,相率奔往上邽(guī)。镇守

各地的王公将军也弃镇西逃,关中大乱。

蒋英、辛恕两位将军带着数万士兵进据长安,随后派人给石勒送去了降书。石勒便派洛阳守将石生带兵直奔长安。刘胤却带兵前来,与石生争夺长安城。

石生见刘胤人多势众,派人向襄国求救,石勒立即派石虎前去救援。石虎击败各分支人马,直冲刘胤军营。最终石虎率兵擒住太子刘熙、刘胤及王公大臣三千多人,将他们全部杀死。前赵就此灭亡,共历经三十五年。

石虎回到襄国,献上前赵传国玉玺,敦请石勒称帝,石勒不肯。又过了几年,石勒才称赵天王,立妻子刘氏为王后,立世子石弘为太子,文武百官各有封赏。咸和五年(330年),石勒正式称帝,改元建平。

石勒吞并关陇地区以后,又打算进攻江淮一带。他命荆州监军

23. 石勒灭前赵

郭敬、南蛮校尉董幼进攻襄阳。襄阳随即被攻下，中州流民全部投降。

当时陇右的氐人、羌人聚众作乱，不服后赵管制，石勒立即派石生前去讨伐。石生一鼓作气荡平氐、羌乱贼，后赵因此威名大震。东方的高句丽、肃慎诸国，宇文部及西域各部落都向后赵进贡。

陶侃在襄阳被攻陷后，假意与石勒讲和，乘机夺回了襄阳。石勒中了陶侃的诡计哀叹数日，想如法炮制再次夺回襄阳，却没有成功。

此时太子石弘已经成年，他经常帮着石勒处理军国大事。石虎戍守邺城多年，因不能参与朝政，心生怨恨。徐光、程遐等人劝谏石勒削弱石虎的兵权，以免他日后作乱，石勒念及石虎多次立下大功没有听从。

一天，石勒外出巡视的时候感染了风寒，回宫以后病情突然加重，就召来太子和石虎。石虎进宫后假托石勒之命，阻拦石弘和王公大臣探望石勒，宫里的消息外人也不知道，他还召回驻守外地的秦王石宏和彭城王石堪。

不久石勒的病情加重，留下遗命后就去世了，享年六十岁，在位十五年。

石勒死后，石虎劫持了太子石弘，并借他之手除去了自己的政敌徐光、程遐。文武百官吓得纷纷逃散，石弘也很害怕，情愿让位给石虎。石虎却冷笑着说："君主驾崩，当由世子继承大位，这是古今以来的规矩，臣怎么敢违背礼法呢？"

石虎逼着石弘登位，改年为延熙元年（334年），文武百官各进位一等。石虎自封丞相、魏王、大单于，占据十三座城池，并将妻子封为魏王后，几个儿子和部下也都封王拜将。

宫廷内外大多数都是石虎的党羽，朝廷事务往往先向石虎禀告。石虎虽然没有篡位，但简直和君主无二了。

石勒的皇后刘氏不甘被石虎胁迫，秘密联合石堪讨伐石虎。石虎得知消息，派人杀了石堪，还逼迫刘氏自杀。

关中镇将石生、洛阳镇将石朗听说石虎杀害太后，心中很不平，两人联合起来讨伐石虎。石虎听说后直接带兵杀过去。石朗没想到石虎来得这么快，只能仓促御敌，最后兵败被杀。

随后石虎带兵攻打长安，石生命部将郭权和鲜卑部落两万多人做前锋，自己率领大军作为后应。哪知鲜卑部落的人贪图利益临阵倒戈，石生反被部下杀害。

石虎平定乱党以后便想篡权夺位。他废石弘为海阳王，自号居摄赵天王，改年号为建武，立儿子石邃为太子。后来石虎暗中派人将石弘等人全部杀害。

当时徐州从事朱纵不服后赵统治，杀死刺史投降东晋。石虎派遣将军王朗击败朱纵，然后他率军南下，一路虚张声势，恫吓东晋朝廷。历阳太守吓得心惊胆战，急忙向朝廷上报。朝廷内外都十分惶恐，此时陶侃已经去世，晋廷失去了一位抵御赵军的大将。谁知石虎只是虚张声势，很快就返回本城了。

再说成主李雄占据巴蜀之地，安享了二三十年的太平日子。只是李雄没有威严而且赏罚不明，又立了侄子李班为太子，引得众臣不服。

李雄去世后，他的儿子李越发动叛乱，杀死了李班，李班在位不满一年。李越把大位让给了弟弟李期。李期继位以后任用亲信，国势也逐渐衰弱。

 ## 24. 石虎伐前燕

当时北方除了后赵以外，就数燕王慕容廆实力最强了。慕容廆死后他的儿子慕容皝（huàng）继承了大位，自称燕王，史称前燕。

代王拓跋什翼犍（jiān）见慕容氏实力强大就派使者前去求婚，慕容皝也早已听闻拓跋氏的才名，就把自己的妹妹兴平公主嫁给了他，两国喜结良缘。

这时除了东晋以外，还有五个国家，赵国最为强大，其次是成国、燕国、代国、凉国。凉州牧张骏虽没有称王，但境内百姓称他为梁王，他仍然向晋室称藩。

到了晋成帝咸康元年（335年）冬季，张骏派人向晋廷上表请求北伐，当时成帝正在准备婚事，根本没有心思北伐，于是让使者回去待命。

第二年，张骏再次奏请北伐。与此同时，石虎迁都邺城，他听说张骏与晋国有来往，就在半路拦截了张骏派往晋国的使者，所以很多消息未能传达。

石虎自恃国力富强，大兴土木修建宫殿，他还征召大量良家少女入宫，人数多达万人。后来在一众大臣的劝说下，石虎正式自称赵天王，立郑氏为天王后，立太子石邃为天王太子。

郑氏原本是石虎的小妾，她与原配郭氏一直有矛盾，哪知石虎

偏袒小妾，郭氏无法忍受就与石虎起了争执，石虎性情暴烈竟然将郭氏殴打致死。

郑氏生了两个儿子，长子石邃被立为太子，次子石遵被封为郡公。石邃深得石虎的宠爱，然而他也像石虎一样暴虐好色。

石虎因整日贪图酒色，把政事都交给石邃处理，但是石虎喜怒无常的性格逐渐让石邃怨念爆发。石邃对中庶子李颜等人说："天子喜怒不定，我想自立为王，你们肯追随吗？"李颜等人都不敢回答。

于是石邃假装生病，不理朝政。石虎听闻想去探望，他身边的大和尚佛图澄却劝他不要去，石虎听从了。原来这大和尚说话十分灵验，石虎很信任他。

石虎派女官去看望石邃，石邃却拔剑刺向女官，幸好女官身手敏捷，赶忙逃出，她回来向石虎汇报了这件事。

石虎大怒，命人逮捕了中庶子李颜等人，并亲自审讯他们。李颜等人将事情一五一十地说出来了。石虎斥责他们对太子教导无方，将他们斩首，又把太子幽禁在东宫，但是没过半天就把太子放了。

石邃仍然本性不改，对石虎十分不敬。石虎一怒之下杀了石邃和他的妻子，又杀死东宫僚属二百多人，太子的母亲也被贬。石虎另立石宣为太子，立石宣的母亲杜昭仪为天王后。

鲜卑慕容氏与鲜卑段氏争斗多年，燕王慕容皝派出使臣向后赵称藩，并请求一同征讨段氏。石虎见慕容皝归顺自己，当然欣喜，于是约定好时间共同出兵。

石虎派出十万水军、十万步兵前往讨伐段氏，不久就攻下四十多座城池。慕容皝也率兵攻打段氏大本营令支的北部，段氏守将大败。

段氏首长段辽见大势已去，急忙率领部分族人逃往密云山，他的很多部下都向石虎投降。随后石虎进入令支王宫，段辽的儿子段

24. 石虎伐前燕

乞特真归降。

慕容皝打了胜仗以后直接班师回朝了，没有来拜见石虎。石虎忌恨慕容皝无礼想转攻燕国，身边的人都劝他不要再战，石虎却不听。

石虎当下率领大军朝燕国进军，并派人四处收买人心，燕国各郡县百姓都害怕石虎，相继投降。石虎一下夺得燕国三十六座城池。

后赵军队逐渐逼近燕国都城棘城，慕容皝准备逃跑，他手下的将军慕舆根劝阻道："赵强我弱，大王一走必使军心涣散，请大王坚守都城稳定士气，等待时机。等到实在不能抵挡时，再走也不迟。"

慕容皝放弃了逃跑的打算，但仍然面露惧色。这时玄菟太守刘佩主动请兵出击，慕容皝同意了。

刘佩率领百名将士趁夜出城，一路所向披靡，斩杀数百名赵兵胜利归来。慕容皝这才安心不少，继续坚守。

石虎劝慕容皝投降，慕容皝不为所动。两军相持了十多天，赵军死伤无数，始终不能攻克燕都，石虎无计可施，只得先撤兵。

走了数里路，石虎突然听见身后有燕兵追击，带头的正是慕容皝的四子慕容恪，他大喊着："石虎快来受死！"

石虎大怒，令大军回击，但是赵兵已经疲惫不堪，不愿再战。慕容恪手下将士虽然只有两千多人，但个个英勇无比。他们击败十万赵兵，夺回三十六座城池。

不久段辽在密云山派使者向燕国投降，慕容皝接纳了他。两人密谋一起攻打后赵，石虎中了埋伏损失两万兵马。到了第二年，段辽又阴谋反叛，反被慕容皝杀害。之后慕容皝派遣长史刘翔、参军鞫运向晋廷报捷，请求册封。

晋廷得知赵军被燕军打败，征西将军庾亮也生出了北伐的念头，但是朝中大臣大多反对。这一时期，东晋名臣王导和郗鉴接连去世，

24. 石虎伐前燕

成帝悲伤不已。正当庾亮跃跃欲试之时，突然接到邾城失守的消息，从此不敢再提北伐的事情了。

原来陶侃去世以后，庾亮代替他镇守武昌，他认为江北的邾城是军事要地，就派毛宝和樊峻一同驻守。结果引起石虎的注意，他派了五路人马前来攻打邾城。毛宝抵抗不住，急忙向庾亮求救，庾亮却没有派军支援。最后邾城被攻陷，毛宝和樊峻被赵军追杀，投江而死。

石虎手下大将又攻克江夏、义阳等郡，接着进攻石城，多亏竟陵太守李阳率军奋力杀敌，击退了赵军。

庾亮自始至终不敢渡江只得向朝廷请罪，他也因邾城失守而抑郁成疾，不久就病逝了，年仅五十二岁。

成帝命庾亮的弟弟庾翼镇守武昌，只是这庾翼年纪尚小，很多人担心他难以服众。但庾翼竭尽所能，为政严明，深谋远虑，很快赢得众人信服。可庾翼有个缺点，就是喜欢说大话，好谈兵事，一会说要灭赵国，一会说要平蜀国，唯独想与燕、凉修好，让他们作为自己的外援。

25. 慕容皝四处征伐

后赵主石虎野心勃勃，想要吞并江南一带，他写信给蜀主相约共同出兵，事成之后平分江南之地。这时蜀国已改国号"成"为"汉"，大将军李寿除掉李期登上帝位。汉主李寿收到石虎的来信喜出望外，立即派人与后赵签订盟约。

随后李寿踌躇满志，调集七万士兵准备出征，还举行了盛大的阅兵仪式。有大臣面陈利害关系，纷纷劝谏不要贸然出兵，李寿始终不听。直到群臣叩头劝止，他才作罢。

突然石虎听闻燕兵即将入侵，开始严加防范。他在国内大肆征兵，修建战船，收缴百姓的马匹，准备攻打前燕。哪知燕王慕容皝先发制人，赵军大败。

慕容皝得胜归国，因为长史刘翔等人逗留江东没有返回，于是写信给晋廷中书监庾冰，责怪他忘仇误国。

当时晋廷君臣为了册封慕容皝一事争论不休，讨论许久都没有定论。刘翔因为没有完成任务，一直滞留建康。后在刘翔的不断劝说下，中书令何充与庾冰联名奏请成帝封慕容皝为大将军、幽州牧、大单于、燕王，成帝欣然答应，刘翔也终于可以回去复命了。

过了一年半，晋成帝身体突发不适，不久就驾崩了，年仅二十二岁。成帝的两个儿子还在襁褓之中，无法继位。琅琊王司马

25. 慕容皝四处征伐

岳在庾冰的拥立下继承了皇位,史称晋康帝。

康帝封何充为骠骑将军,庾冰为车骑将军,令他们两人共同辅佐朝政,匡复王室,此外文武百官也各有封赏。第二年元旦,康帝改年号为建元元年(343年)。

燕王慕容皝接受晋朝的册封后,提拔刘翔为东夷校尉、大将军长史。他又命人建筑新城,建立宗庙宫阙,并取名为龙城作为首都,然后率领部众迁居。

慕容皝的兄长慕容翰之前投奔了段辽,段辽战败以后又投奔宇文部。宇文部首领宇文逸豆归因妒忌慕容翰的才能和名望,想要加害于他,慕容翰情急之下只能装疯卖傻。宇文逸豆归以为他真的疯了,就放任他自由行动。

慕容翰趁着往来自由,把宇文部的山川地势全部默记在心里。后来慕容翰偷了宇文逸豆归的名马,带着两个儿子一起逃回了燕国。

慕容皝见慕容翰归来,十分高兴,任命他为建威将军。慕容翰向慕容皝献计先攻打高句丽,再攻打宇文部。慕容皝听了连声称好,立即召集将士出征高句丽。

攻打高句丽有两条路,北路地势平坦,南路地势险狭。慕容皝在慕容翰的建议下选择了南路。他命慕容翰为先锋,自己率领四万精锐部队作为后应,又让长史王宇等人率一万五千名士兵从北路进攻迷惑敌军。

高句丽王高钊果然中计,派大量强兵在北面抵御,慕容翰的军队从南面乘虚而入。这一仗,慕容皝大胜,高句丽王向燕称臣。

攻下了高句丽以后,慕容皝又把目标转向宇文部。宇文逸豆归抢先派兵攻打燕国,慕容皝下令只防守不进攻。宇文逸豆归以为燕兵胆怯不敢还击就不再防备,整日饮酒作乐。

谁知一个月后,慕容皝派慕容翰为前锋将军,又命慕容军、慕

容恪、慕容霸以及慕舆根，兵分三路，攻打宇文部。宇文逸豆归派大将涉奕干带兵迎战，最后涉奕干被慕容翰与慕容霸夹攻，战败身亡。

随后宇文军大败，宇文逸豆归逃往大漠后客死异乡，宇文氏从此散亡。慕容皝又为燕国开辟了千里的土地。

征战归来，慕容翰在家养伤，后来伤情好转，就在家试着骑马。有人与慕容翰不和，就向慕容皝进谗言说："慕容翰假装生病不上朝，却私下练习骑马，这是想叛变。"慕容皝本就忌惮慕容翰，竟借此机会赐死了慕容翰。

东晋何充与庾冰本一同受命辅佐君主，但是何充忍受不了庾冰的独断专行就请命外调了。从此庾冰主内政，庾翼主外务，兄弟俩内外呼应，快把东晋江山变成庾氏的家业了。

成帝在世时，庾翼曾举荐自己的好友桓温。桓温是宣城内史桓

25. 慕容皝四处征伐

彝的儿子，成帝感念桓彝捐躯赴国难的忠心，封桓温为琅琊内史。庾翼和桓温二人一直有着灭赵取蜀的计划。

此时后赵主石虎一边大兴土木，命人修建了大量的台观、宫殿，一边筹集了不少的粮食、兵马和武器，准备发动战争。朝中百官趁此机会竞相图谋私利，横征暴敛，使得赵国百姓苦不堪言。

秦公石韬是石虎的庶子，很受石虎的宠爱，太子石宣因此妒忌石韬。有人向石宣献媚说应该减削诸公府吏，免得他们威胁到东宫。太子听后大喜，立即派人上奏，石虎同意了。诸公的吏官和士兵数量大大被裁减，他们因此生出怨恨。

当时青州官吏向石虎报告，济南平陵城北有一尊石头雕制的老虎突然活动起来，走到了城东南，后面还跟着上千只狼和狐狸。石虎得知后大喜，认为这是好兆头，猜测是上天想让他荡平东南地区。于是石虎又令百姓缴纳马车、牛、米和绢布，违令者斩首，可怜赵国百姓卖儿卖女上贡军需，那些凑不齐的只能自杀了。

之后石虎宴请群臣，突然看见白雁飞过，命人射击却无一人射中。石虎自己也没有射中。有人说这是不祥的预兆，劝石虎不要南行。石虎听从了，便令士兵解散，让他们严守岗位，不得擅自离开，南下的计划被暂时搁置。

晋朝的庾翼和庾冰主张北伐，调兵遣将，瞎闹了一年多，虽然没有成功，但也未受到大创。

 # 26. 石虎伐凉州

晋建元二年（344年）九月，康帝突生大病，群臣担心康帝突然驾崩没人继承王位，于是紧急开会商议。

庾冰和庾翼兄弟想拥立康帝的叔父司马昱继位，何充等人则想立康帝的长子司马聃为太子。奈何庾翼和庾冰都在外镇守，鞭长莫及，事情就由何充做主定下来了。

不久，康帝驾崩，年仅二十二岁。康帝两岁的儿子司马聃继位，史称晋穆帝。由于司马聃年纪太小，无法处理政事，群臣奏请皇太后褚氏临朝摄政。

褚太后召庾冰入朝辅政，庾冰当时身体抱恙，不便回京。后来病情加重，临终时，庾冰对部下说："我快死了却没有实现报国的大志，这难道是天意吗？"说完就去世了。庾冰一生清廉，也没有什么私财，得到当时百姓的赞许。

庾翼得知庾冰去世的消息，让儿子庾方镇守襄阳，自己前去夏口，接管了庾冰的部众。

第二年元旦，晋廷改年号为永和元年（345年），册封武陵王司马晞为镇军大将军，会稽王司马昱为抚军大将军。

不久，江州都督庾翼也病重去世。临死之前，他向朝廷举荐次子庾爱之担任荆州刺史，朝中大臣大都表示同意，唯有何充反驳说：

26. 石虎伐凉州

"荆楚之地如此重要,怎么能交给一个白面少年?"他举荐桓温驻守西藩,司马昱也表示赞同,命桓温掌管荆、梁诸州军事。

桓温曾被人评价为像孙权那样的英雄,他手握重兵后也想做出一番事业来,于是向朝廷上表,请求出师赵、蜀。

永和二年(346年),何充病逝。褚太后的父亲褚裒(póu)举荐顾和担任尚书令,殷浩任扬州刺史,两人都是正直有余但才干不足之人。

蜀地此时国主李寿已经去世,太子李势继位称汉帝。汉主李势骄淫荒乱,不问国事,滥杀贤臣,渐渐众叛亲离,国家动荡不安。

桓温认为这是伐蜀最好的时机,便亲自率军,命江夏相袁乔为前锋,讨伐成汉。李势收到警报后立即派李福、李权等大将领军拦截。桓温一面留人在彭模看守辎重,一面亲自率兵攻打成都。

桓温进攻,三战三捷,蜀兵大败逃回成都。李势听说全军大败,准备亲自带兵决一死战。

蜀兵来势汹汹,桓温的先锋部队出师不利,自己也险些被箭射中,一时间晋军不敢向前。桓温命鼓吏击鼓退兵,但负责击鼓的小吏误敲成了前进鼓,士兵们听到鼓声全都拼死一搏,一路向前冲去。

终于,汉军大败,李势投降。成汉就此灭亡,立国四十六年。

桓温平定蜀地后,朝廷封他为临贺郡公兼任征西大将军。桓温凭借此番战役,威名远扬。司马昱对桓温也不禁畏惧起来,他想用殷浩来牵制桓温,于是加封殷浩为建武将军。此后对于桓温所有奏请,殷浩等人每次都持反对意见。桓温表面上容忍,心里却恨透了他们。

这时,凉州牧张骏病逝,世子张重华嗣位。石虎见新主张重华还没有成年,认为机不可失,决定攻打凉州。

石虎命令将军王擢进攻武街,捉住守将;又令将军麻秋带兵进

26. 石虎伐凉州

攻金城,凉州城内一片惶恐。张重华在凉州司马张耽的建议下,任用文武兼备的谢艾为中坚将军,让他率兵抵御麻秋。

谢艾即刻带兵出发,径直逼向赵军。而麻秋大军因为接连几天没有作战,防备松懈,正当他们睡得香甜的时候,谢艾攻破城门杀了进来。赵军来不及抵御,被杀得四处逃散,麻秋也骑马逃走了。

张重华收到捷报大喜,重赏谢艾并封他为福禄伯。偏偏有皇家贵戚嫉妒谢艾的功绩,进谗言诋毁,于是张重华改任谢艾为酒泉太守。

石虎听说谢艾被贬,派麻秋进攻大夏,不久大夏军民举城投降。麻秋又进攻枹罕,晋阳太守郎坦想要弃城逃跑,武城太守张悛和宁戎校尉张璩却死守不弃。麻秋屡攻不下,只好退回大夏。

石虎听说麻秋打了败仗,派出援兵协同麻秋再次进攻凉州。张重华派宋秦部将带兵抵抗,哪知这宋秦是个贪生怕死之辈,直接带兵投降后赵。

赵军长驱直入,一路所向披靡,传到张重华这里的警报跟雪花似的,密密麻麻。张重华心急如焚,只得再召回酒泉太守谢艾,任命他为军师将军,率领三万骑兵去临河堵住赵军。

谢艾和副将张瑁两军前后夹攻,杀退了麻秋的部队。麻秋手下两员大将被杀,他自己则趁乱从小路逃走了。

谢艾此次又立下大功,张重华提拔谢艾为左长史,封邑五千户,赏帛八千匹。但才过十几天,麻秋又集结十二万人分道进攻凉州。张重华想亲自出征,谢艾等人极力劝阻。于是张重华把这次御敌的重任交给了谢艾和索遐二人。

谢艾正在阅兵时有西北风吹来,旌旗飘动指向东南方向,索遐高兴地说:"风为号令,让旗帜指向东南方,是上天让我们消灭贼寇呢!"谢艾听了也很高兴。他们二人立即进攻,接连打败赵将王擢和麻秋。

石虎接连收到战败的消息,最终放弃攻打凉州,从此无心政事,整日放纵享乐。朝中大臣上奏劝谏都被他杀害,再也没人敢进谏了。

一年八月,天降大雪冻死了数千人,后又发洪水冲走数万人。有人称上天发怒了,劝石虎体恤百姓,停下无休无止的修筑工事。石虎生气地说:"就是苑墙早上建成,我晚上死去,我也不觉得遗憾。"然后下令工人连夜赶工。

后来石虎让太子石宣去祭祀山川祈福,石宣却假借祈福之名,四处游玩。太子回来以后,石虎又命儿子石韬去祈福,排场与太子相同,石宣听说以后,对石韬越加厌恶。

# 27. 后赵众皇子夺权

宦官赵生很得石宣的宠幸，他常劝石宣除掉秦公石韬。石宣本就性情残暴，与石虎谈话时常常一副很骄傲的样子，石虎曾后悔没有立石韬为太子，石韬知道后变得更加傲慢。

石宣既恨弟弟石韬又恨父亲石虎，渐渐生出杀心。有一天，石韬命人在府中盖房子，房梁长达九丈，石宣知道后带众人去查看，斥责石韬违背规定，还命人杀了工匠，毁坏梁木。

石韬气得不行，又增加了一根十丈长的房梁。石宣听闻消息，气急败坏地对着手下说道："这石韬太无礼了！胆敢违抗我的命令。"他与手下密谋暗杀石韬，然后找机会杀掉石虎登上帝位。

石宣担心自己的计划不能成功，就去拜访高僧佛图澄。佛图澄早已察觉石宣的阴谋，但又不好直说。这时候石韬也来了，佛图澄便盯着他看。石韬很奇怪，就问佛图澄在看什么，佛图澄说："秦公身上怎么会有血腥味？"

石韬看了看自己的衣服，上面毫无血迹，又继续追问，佛图澄只是微笑并没有回答。石宣担心佛图澄泄密，就邀请石韬一起离开了。

一天晚上，石韬与幕僚在东明观喝酒作乐，到了深夜众人都散去，石韬留宿在佛寺中。哪知第二天，石韬竟然变成了一具血肉模

糊的尸体，侍从见状慌乱不已，飞跑入宫向石虎报告。

赵主石虎听闻爱子被杀，悲痛欲绝，直接昏倒在床前，宫人们七手八脚连忙施救，好不容易醒来了，又痛哭起来。石虎哭了很久，想亲自去奔丧，但被司空李农劝阻。

石虎也想起佛图澄曾告诫他千万不要东行，于是派官吏前去奔丧。太子石宣也带着东宫的士兵赶到石韬府上，命人掀开棺材查看石韬的尸体。他看过之后没有哭，反而哈哈大笑起来，随后掉头回去了。

这时有人向石虎告发了石宣的阴谋，石虎气得火冒三丈，将石宣召入宫中软禁起来。石宣的党羽被石虎抓住严刑拷打，最终说出石韬被害的经过，石虎听完气得大呼："了不得，了不得！"

石虎命人做了一个喂牲畜的木槽，把饭菜和粪土搅拌在一起，强迫石宣吃下，把他当作猪狗一般。随后，石虎又令人堆起一堆柴

27. 后赵众皇子夺权

火,把石宣放在上面,将他折磨得不成人形,然后点燃了柴火。

不一会儿,烈火冲天,石宣被烧为灰烬。石虎此时还带着数千宫妾一起登上高台观看。火灭以后,石虎又派人把石宣的骨灰撒在通往各城门的道路上,任人踩踏。

随后,石虎下令处死石宣的妻儿共二十九人。石宣的小儿子才几岁,聪明伶俐,石虎不忍心杀害他,抱着小孙子哭泣,小孙子也哭着说:"这不是我的错。"

石虎本打算赦免小孙子,但是杀红了眼的大臣不同意,直接从石虎手里抢走孩子猛地扔出去,小孙子顿时丧命。

石宣的母亲杜氏也被贬为平民,东宫的属臣有三百人被杀,五十人遭受宫刑,十多万名侍卫被发配凉州。整座东宫被改成养猪牛的牲口棚。

过了几个月,石虎想立太子,召集群臣商议此事,众大臣各有推荐之人。石虎害怕新太子再次犯上作乱,就立年仅十岁的幼子石世为太子,其母刘氏为皇后。

又过去几个月,高僧佛图澄突然圆寂了,石虎为他立祠纪念。不久,石虎听闻有人见过佛图澄,觉得惊奇,便命人打开棺材来看,却只看见了一双鞋和一块石头,并没有尸首。石虎惊讶地说:"朕姓石,难道朕快要死了吗?"

从此,石虎总是闷闷不乐,坐立不安。他经常看见已经死去的子孙站在自己的身边,不由得毛骨悚然,悲悔交加,吃什么都没有食欲,以致身体变得越来越虚弱。

石虎知道自己活不了多久,就在后赵建武十五年(349年)元旦继位称帝,改年号太宁并大赦天下,但之前被贬到凉州的东宫侍卫不在赦免范围内,这引起了一些人的不满,其中一个叫梁犊的卫队长带头叛乱。

石虎连忙调遣李农率十万大军前往征讨。两军交战，李农大败。石虎十分害怕，忧虑之下旧病复发，他赶紧派姚弋仲、蒲洪等人前去平叛。这一次，姚弋仲大胜，梁犊被杀，乱党平定。

石虎高兴极了，封姚弋仲为平西郡公，又封蒲洪为车骑大将军，统领秦、雍两州的军事。但石虎的病情日渐严重，开始安排起身后事。他命儿子彭城王石遵为大将军，镇守关右地区；燕王石斌为丞相，担任尚书；同时任命张豺为镇卫大将军，担当辅政大臣。

唯独刘皇后心里不高兴，担心石斌威胁太子的地位，就和张豺密谋铲除石斌。张豺派人对石斌说："主上的病已经快好了，燕王如果去打猎，可以多停留些时日。"

石斌听了这话，一连几天都纵情饮酒打猎。刘皇后见石斌上当，与张豺假传诏令，指责石斌不忠不孝，并将他免官监禁，随后又假传诏令杀了石斌。

石遵也奉旨赶到邺城，刘皇后不让他觐见石虎，只发给石遵三万禁兵，让他前往封地，石遵无奈伤心离去。石虎对这一切毫不知情。

刘皇后还擅自任命张豺为太保，掌管中外诸军事。而那穷凶极恶的赵主石虎已经不省人事了，他晕厥数次，最后两眼一翻，两脚一伸，一命呜呼了。

年仅十一岁的太子石世继位，刘皇后被尊为太后。为了暂时安抚石氏一族，张豺将丞相之位让出去，于是彭城王石遵被任命为左丞相，义阳王石鉴为右丞相。刘太后还不放心，想铲除司空李农，李农得到消息提前跑了。

石遵在前往关右的途中听说父亲去世，便屯军河内，正好与班师回朝的姚弋仲、蒲洪和石闵等人相遇。众人建议石遵举兵讨伐张豺，石遵欣然同意，于是向全国发出讨伐张豺的檄文，然后率大军直指邺城。

张豺此时身边没有大军，孤立无援，最后被石遵捉住斩首示众。石遵假传刘太后的诏令废掉皇帝石世，自己迅速称帝。不久又毒死刘太后和石世，封已故燕王石斌的儿子石衍为皇太子。

石遵篡夺皇位的事情引起了沛王石冲的不满，他亲自率军讨伐石遵。两军交锋，石冲大败，最后被石遵赐死。

平定石冲之乱后，石闵对石遵说，蒲洪是当今豪杰，又统领秦、雍二州，将来可能是朝廷一大祸患，要多加提防。石遵听从石闵的话，免了蒲洪的官职。这一举动引起了蒲洪的怨恨，他直接派出使者向东晋投降。

 # 28. 后赵亡国

东晋征西大将军桓温探得后赵出现内乱,立即屯兵安陆,攻略北方。后赵的扬州刺史王浃(jiā)献出寿春城投降,归附东晋。

东晋的征北大将军褚裒也想借此机会扬名立万,他立即上表朝廷请求伐赵。不久朝廷加封褚裒为征讨大都督,命他率领三万大军向彭城进发。

河朔军民听说褚裒出兵了,都跑来投奔他。一时间,东晋朝野上下都以为收复中原在此一举了。褚裒发兵向北前进,这时鲁郡五百多家平民起兵响应东晋,并向褚裒求援。褚裒立即派部将王龛、李遇率领三千士兵前去迎接,不料途中遇上李农的两万大军,最终因寡不敌众,败给李农。

李农又逼近寿春,晋将陈逵见状烧毁城中物资后弃城逃跑了。褚裒也不禁胆怯起来,退守广陵,并上表朝廷请罪。朝廷命他继续镇守京口,免去他征讨大都督的官职。

褚裒回京口,沿途听见到处是哭声,他问身边的人这是什么原因,身边的人回答:"将士的家属失去了亲人,怎么能不哭呢?"褚裒觉得十分惭愧悲愤,回到京口不久就病逝了。

当时,燕主慕容皝去世,世子慕容俊继位,燕国诸将也想趁石氏内乱,兴兵攻赵。慕容俊拗不过众人,便命慕容恪为辅国将军,

28. 后赵亡国

慕容评为辅弼将军,左长史阳鹜为辅义将军,统领三路军队进攻;又令慕容霸为前锋都督、建锋将军,调集大军二十多万,伺机攻打后赵。

赵国还没收到燕国来袭的警报,国内已经由于内乱变得动荡不堪。原来赵主石遵进入邺城之前,承诺石闵事情成功之后立他为太子,但是后来石遵出尔反尔,立了石衍为太子,石闵心中十分恼火。

石闵素来骁勇善战,屡立战功,又手握兵权,威望很高。石遵身边的近臣劝他除掉石闵,于是石遵召集乐平王石苞、义阳王石鉴、汝阴王石琨等人,商议铲除石闵。石鉴等诸王纷纷表示赞同,郑太后却表示石闵是功臣,如今只是居功自傲,罪不至死。石遵听了母亲的话,暂时打消了杀石闵的念头。

这时候,石鉴却偷偷派人告诉石闵,石遵想谋杀他。石闵大惊,立即胁迫李农等人,派将军周成、苏彦率领众多甲士来到南台。

注:图中"弑赵王易位又遭囚"应为"弑赵主易位又遭囚"。

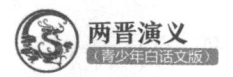

石遵此时正乐悠悠地和妃子下棋,他听见外面一片嘈杂声,接着一群面目狰狞的将士冲进来,不由得惊恐万分,勉强喝问道:"究竟是什么人造反?"带头的将领答道:"义阳王石鉴应当继承皇位。"

石遵嘲讽地说道:"我今天落得如此下场,石鉴又能支撑多长时间呢!"话音刚落,石遵就被乱刀砍死,郑太后和太子石衍等人也都被杀害。

之后,石闵拥立石鉴称帝,改元青龙,石闵被封为大将军、武德王,李农被封大司马。

石鉴又担心石闵篡位,就召来乐平王石苞、中书令李松、殿中将军张才三人,让他们带兵攻打石闵和李农。结果石闵早有防备,石苞等人被击退,宫城大乱。

石鉴十分惊恐,担心事情败露,连夜杀了石苞、李松、张才等人,并把他们的首级交给石闵。石闵也不追究,下令将士归队,事情才总算告一段落。

镇守襄国的新兴王石祇和石鉴是兄弟,听说石闵、李农作乱,就与姚弋仲、蒲洪联合起兵讨伐,石闵请石鉴派军抵御。

宫城内,龙骧将军孙伏都、刘铢等人率领三千士兵,打算挟持石鉴讨伐石闵、李农。孙伏都来到御龙观,面见石鉴说:"石闵和李农造反,已经到了东掖门,臣想带兵讨伐!"石鉴回答:"你们都是功臣,事成之后,一定重重有赏。"

于是孙伏都和刘铢率军攻打石闵,结果没有成功,退到凤阳门。石闵、李农率军冲入金明门来找石鉴,石鉴见石闵、李农进来,料定孙伏都等人战败了,连忙传令说:"孙伏都谋反,你们不去讨伐他,来这里做什么?"

石闵、李农得了命令,便去攻打孙伏都。孙伏都和刘铢寡不敌众,接连被杀。石闵又派人围住御龙观,不准石鉴自由进出,他的

28. 后赵亡国

饮食起居也受人监视。

石闵幽禁石鉴掌控大权之后,就在城内发令:"从今往后,与朝廷同心者可以留下,不愿留下的可以自行离开。"随后大开城门,任人出入。

只见方圆百里的赵人相拥进城来,城内的胡人也争相离去。石闵明白胡人不为己用,立即对城内的赵人下令,斩一个胡人首级送到凤阳门的,文官可连升三级,武官可立即封为将军。

结果一天之内,竟有上万人提着胡人的首级来献。石闵索性带着赵人继续搜捕胡人,最后一共杀害二十多万人。石闵的举动造成了后赵国内大乱,各方势力纷纷出逃,占据一方地盘拥兵自立。

被囚禁的石鉴偷偷写信,派近侍送给抚军张沉等人,让他们率军偷袭邺城。哪知近侍向石闵告了密。石闵大怒,立即杀了石鉴。可怜石鉴在位只有一百零三天。石闵还不肯罢休,将石虎的二十八

个孙子全部杀害，只有几个儿子如石琨、石祗等人在外才逃过一劫。

石氏一族几乎被杀尽，石闵的党羽拥戴石闵登基称帝。石闵假意推让一番后在邺城南郊即位称帝，改国号为大魏，自己改回冉姓，史称冉魏。

新兴王石祗听说石鉴被杀，也在襄国称帝，改元永宁，任命汝阴王石琨为相国，姚弋仲为右丞相。

当时蒲洪在关右称雄，手下有十多万将士，姚弋仲担心蒲洪势力壮大，派兵攻打，结果战败。蒲洪随后自称大都督、大将军、大单于、三秦王，并改为苻姓。后来，苻洪被先前投降的赵将麻秋毒死，苻洪之子苻健得知，亲自率兵诛杀麻秋。

不久苻健自称晋征西大将军，率众西行，直入关中，把长安据为都城，自号秦天王、大单于，定年号为皇始，史称前秦。

冉闵打算攻打赵国，赵主石祗却已经派兵前来。赵魏两军交战，赵军大败。随后，冉闵率兵围攻襄国城，两军相持了一百多天，石祗十分害怕，竟主动放弃皇帝称号，降为赵王。

后来石祗向燕王和姚弋仲求得援军，杀退冉闵。后赵危机刚刚解除，石祗又派刘显攻打冉魏，冉闵率众拼死抵抗，刘显大败无路可逃，派使者求降，表示愿意杀了石祗表诚意，冉闵这才退兵。

过了数月，刘显杀了赵主石祗，后赵灭亡。可怜石氏遗留一人石琨，他向晋乞怜，反被劈死，石氏一门也就灭亡了。

29. 慕容俊灭冉魏

东晋大将军桓温见赵国败亡，多次向朝廷上奏请求出征收复中原，朝廷却没有回复。此时晋朝的一切政事都由会稽王司马昱主持。

桓温听说中军将军殷浩在朝中擅自专权，十分愤恨，就给朝廷写了一篇表文，暗指朝廷要被殷浩这样的庸臣所误，还屯兵武昌，摆出一副为国除害的架势。殷浩见状，惊慌不已。

后来殷浩和司马昱采纳了吏部尚书王彪之的建议，派人给桓温写了一封信，让他以大局为重，不要意气用事。桓温这才收兵回去。

这时后赵将领姚弋仲向晋朝投降，晋朝以礼相待，封姚弋仲为车骑大将军、六夷大都督，封他的儿子姚襄为平北将军，督领并州。永和八年（352年），姚弋仲因病去世，享年七十三岁，临终前他告诫儿子要忠心事晋。之后姚襄秘不发丧，竟然率领部下攻打秦王苻健。

秦王苻健称王以后，一直据守关中。晋朝的梁州刺史司马勋和故赵将军杜洪遥相呼应，带兵攻打秦川，但都败给苻健。

苻健接连得胜后自称秦帝，封诸公为王。姚襄与苻健有宿仇，一直想除掉他，但此时苻健气势正盛，任姚襄如何骁勇也战胜不了他。

于是姚襄转攻洛阳，却败在故赵将领李历手中，幸得弟弟姚苌

相救才捡回一命,但是手下将士死伤无数。经此一战,姚襄暗暗悔恨自己行事鲁莽,于是听从父亲的遗命,单骑南下归附了晋朝豫州刺史谢尚。

再说魏主冉闵攻克襄国城以后就开始贪图享乐,他经常去常山、中山一带游玩。故赵立义将军段勤聚集一万多胡人占据绎幕,自称赵帝。

燕王慕容俊派辅国将军慕容恪进军中山,收降了魏太守侯龛及赵郡太守李邦。辅弼将军慕容评也奉燕主之命进攻鲁口,斩杀了魏戍将领郑生。后来慕容俊又派建锋将军慕容霸攻打段勤,派慕容恪一心对付冉闵。

冉闵在魏国昌城与慕容恪相遇,正想要交战,手下的大将军董闰、车骑将军张温都前来劝谏:"燕兵乘胜前来,势不可当,况且敌众我寡,不如暂时避其锋芒,等到时机成熟再战。"

听了这话的冉闵大怒,说道:"我正要率军扫平幽州,斩杀慕容俊,今天才碰到慕容恪就这样胆小,将来还怎么领兵打仗呢?"其他大臣见冉闵刚愎自用,有勇无谋,知道是死路一条,于是服药自尽了。

冉闵向来勇猛,他的军队虽然不超过一万人,却个个强壮,骁勇善战。当下与燕兵对决,冉闵十战十胜,燕兵被击退。

慕容恪立即鼓舞士兵说:"冉闵有勇无谋,不过是逞匹夫之勇,况且他们的士兵又累又饿,时间一长自然松懈下来,到那时我们再将他们一举消灭。"

冉闵手下都是步兵,燕军都是骑兵,每次魏军都将燕军引入林中再战。慕容恪的参军高开献计,将冉闵引入平地然后纵兵夹击。慕容恪依计派兵诱敌,让士兵边退边骂。冉闵听了,哪里忍受得了,当即麾兵杀出。

29. 慕容俊灭冉魏

燕兵也不与魏军交战，骑着马就走，依然边走边骂。可冉闵追了一会就停了下来，燕兵讥笑着骂道："冉贼！冉贼！我料你只敢躲在林中当缩头乌龟，敢不敢到平地与我大战一场？"

听了这话，冉闵愈加生气，索性来到平地列阵对战。慕容恪早已分军三队，部署妥当，看冉闵中计心中暗喜。他让中军正面迎战冉闵，等两下交战正酣左右杀出夹击。

魏军大败，任凭冉闵再勇猛也抵不住数万人马，他拼命杀出重围，向东逃了二十余里，才敢下马休息一会。冉闵看看身边的士兵不满百人，沮丧至极。

突然间鼓声四震，燕兵已经从后面追来了。冉闵立即上马，策马狂奔，还是被燕兵追上，他身边的士兵纷纷被杀，将领董闰、张温被捉。

冉闵的坐骑朱龙马跑了一程就无缘无故地停下了，任由冉闵发疯似的抽打也一动不动，不一会就倒地而亡。冉闵没了坐骑，眨眼间被燕兵活捉押往燕都。

慕容俊见了冉闵，对他说："你这个奴仆下人，怎敢妄自称帝？"冉闵回答："天下大乱，你们夷狄之族，人面兽心，还想着谋反篡位，我乃中原英雄，为何不能称帝呢？"慕容俊听了大怒，命左右鞭打冉闵三百下，然后将他押入大牢。

这时慕容霸传回军报，称赵帝段勤已经举城出降，随后慕容恪也传回捷报，称已经占据常山。慕容俊又派慕容评等人攻打邺城，不久邺城城外一带被燕军攻陷。

邺城城内大震，冉闵的儿子冉智和守将蒋干不得已派使臣向晋投降，请求豫州刺史谢尚派兵支援。谢尚让戴施只带着百余人前往，戴施趁机哄骗蒋干交出传国玉玺换取更多的援兵，邺城形势危急，蒋干只能硬着头皮答应了。

谢尚得了玉玺立即派人送往建康，晋廷交相庆祝。

邺城已经被困一个多月，城中情况十分危急，守兵勉强苦苦支撑。慕容俊见邺城久攻不下，就派了两万人马前去支援。

蒋干得知燕王派来援兵，焦急万分，挑选了五千精锐准备夜袭燕营。没想到慕容评早已设下埋伏，等蒋干的军队到来时，一声号令，伏兵四起，很快将对方围住，肆意屠杀。最终全军覆灭，蒋干扮作小兵的模样才得以逃脱。

冉魏长水校尉马愿等人见大势已去，只得开城投降。魏后董氏和太子冉智等人被俘虏，押往燕都，冉闵建立的冉魏不到三年就灭亡了。燕王慕容俊收到邺城捷报后，命人将冉闵斩首示众。

冉闵被杀后，山中草木凋零，几个月都不下雨，蝗虫也四处泛滥。慕容俊以为是冉闵的阴魂作祟，于是派人前往祭祀，并加封冉闵谥号为武悼天王。

灭冉魏燕王僭号

29. 慕容俊灭冉魏

随后燕国大臣一致上表要燕王称帝。燕王慕容俊于是设置百官,在蓟城称帝,改年号为元玺,立妻子可足浑氏为皇后,儿子慕容晔为皇太子,这一年是晋穆帝永和八年(352年)。史学家称慕容俊建立的燕国为前燕,即十六国中的三燕之一。

晋廷派使者携诏书与燕国修和,慕容俊对使者说:"我已经做了燕帝,以后想要与我国修好,不要再下诏书了。"晋朝使者失望而归。

 晋 | 30. 残暴的苻生

晋朝中军将军殷浩统领扬、豫、徐、兖、青五州军事，在朝中权势很大。他因为桓温多次请求北伐，为了压倒桓温，不顾旁人反对执意要求率兵北上。穆帝同意了，殷浩派安西将军谢尚联合姚襄出兵许昌。

秦将张遇听说晋军来攻，立即向关中求援，秦主苻健派弟弟苻雄前去救援。结果谢尚大败逃回淮南，将军事大权交给姚襄，命他屯兵历阳。于是姚襄在历阳广兴屯田，训练士兵。

殷浩第一次北伐失利，又发起第二次，但尚未出兵，却盯上了养精蓄锐的姚襄。殷浩怀疑姚襄居心不良，竟然派刺客刺杀他。谁知刺客到了历阳，把殷浩的阴谋告诉了姚襄。

殷浩见暗杀行不通，就派心腹将领魏憬领兵五千攻打姚襄，结果魏憬被杀，他手下的将士也被姚襄收编。姚襄遭到猜忌内心惊惧不安，只好派参军权翼向殷浩表忠心，请殷浩坦诚相待，殷浩这才没有为难他了。

另一边，殷浩收买了秦将雷弱儿等人，让他们刺杀秦主苻健。雷弱儿等人假装答应，还让殷浩派兵接应，于是殷浩调集七万士兵向洛阳进发。

这时降将张遇因为苻健强占了自己的继母对他怀恨在心，于是

30. 残暴的苻生

与黄门刘晃密谋夜袭苻健。不料事情泄露，张遇被处死。

殷浩探得前秦发生叛乱，还以为是雷弱儿等人的行动得逞，立即命姚襄做先锋，自己也督军前进。姚襄本就对殷浩心怀不满，他假装答应做前驱，然后带兵袭击殷浩的大军，俘虏了上万人，获得了所有辎重装备。殷浩大败，逃回东晋。

姚襄还派人到建康告发殷浩的罪状，殷浩的名望从此一落千丈，朝中大臣纷纷弹劾他，桓温措辞最为严厉，最后晋廷把殷浩贬为庶人。两年后，殷浩病逝。

桓温于永和十年（354年）二月上表请求讨伐前秦，接连得胜。秦王苻健派太子苻苌、丞相苻雄及淮南王苻生等人在蓝田阻击，结果晋军大胜，秦民大喜纷纷前来归顺晋军，其中包括北海人王猛，他得到桓温的赏识，被任命为军谋祭酒。

后来，桓温派弟弟桓冲进军白鹿原，又把秦军打得连连后退。桓温驻军灞上，秦主苻健统领六千老弱残兵防守长安，命雷弱儿为大司马，率领三万精兵出城抗敌，苻雄等人也聚集了残兵败将来攻桓温。桓温因军队缺乏粮草，只得带了关中三千余户班师回朝。王猛听从他老师的话，没有跟桓温南下。桓温在返回途中被秦兵追杀，损失惨重。

苻健最后打了胜仗，正准备论功行赏，不料弟弟苻雄突然得病身亡。苻健悲痛万分，命苻雄的次子苻坚承袭爵位。苻坚礼贤下士，在关中深得人心。

后来太子苻苌因箭疮复发去世，苻健于是立苻生为太子。

苻生从小就很无赖，有一只眼睛是瞎的，他的祖父苻洪在世时很讨厌他。苻洪曾对苻健说："苻生这孩子很残暴，要尽早除掉他，不然今后必然会祸害家人。"但苻健念及父子之情没有杀害他。

不久，苻健身患重病，生命垂危，他召来心腹大臣嘱咐后事，

并对太子苻生说:"不管是掌权的大臣还是皇亲国戚,只要不服从你命令的人,都要尽早除掉,千万不要养虎为患!"苻生答应了。

三天后,苻健去世,年仅三十九岁。苻生当天继位,改元为寿光元年(355年)。

晋王苻柳获封征东大将军、并州牧,镇守蒲坂,魏王苻庾获封镇东大将军、豫州牧,镇守陕城。他们辞行前往各自的封地,苻生为他们送行,顺便闲游。一位穿着丧服的妇人跪在路边,为她战死的儿子请封。苻生听后怒斥道:"所有封典都是由我决定的,你一个草民怎么敢妄求?"见那妇人还不退去,苻生大怒,直接一箭射去,妇人当场死去。

第二天早朝,中书监胡文和中书令王鱼上奏,近日星象不吉,国家三年内将有大丧,还有许多大臣被杀,希望秦主可以积德消灾。苻生听后,闷闷不乐。

谁知过了几天,苻生竟然杀了皇后梁氏来应付大丧之变。事情还没完,苻生又下令杀了朝中皇后的同族以及一班辅政大臣,原吏部尚书辛劳升任尚书令,右仆射赵韶升任左仆射,尚书董荣升任右仆射,中护军赵诲升任司隶校尉。

丞相雷弱儿性格刚正不阿,他见赵韶等人引导主上作恶,经常当面斥责他们。赵韶等人怀恨在心,诬陷雷弱儿造反,苻生听信谗言,杀死雷弱儿及他的儿孙三十一人。

苻生继位没多久就恣意妄为,从后妃、公卿到奴仆,已经有五百多人被他杀害。

此时凉州牧张重华一心想当凉王,之前逼不得已才归降了晋朝。谁知正当年富力强之时,张重华因生母和自己的庶兄张祚勾搭成奸,愤恨难平,抑郁成疾,最终猝死,年仅二十七岁。

张重华死后,他十岁的儿子张耀灵承袭父位。第二年,张祚直

30. 残暴的苻生

接篡位称帝。张祚荒淫无道，朝堂上下愤恨不已，最终引发叛变，混乱中他被一个厨子杀死。凉州百姓得知张祚的死讯全都欢呼起来。

随后，河州刺史张瓘推举七岁的张玄靓为大将军、大都督、凉王，自封尚书令、凉州牧，掌管内外兵权。

第二年（356年）二月，苻生命晋王苻柳招降凉州牧。苻柳派参军阎负、梁殊出使凉州。两人费尽口舌，终于说服张瓘归附。

不久，姚襄投靠了燕国，燕主慕容俊让姚襄率兵攻打苻秦。晋朝将军王度也乘机进攻青州。苻生派建节将军邓羌、新兴王苻飞、晋王苻柳分兵出战，大破燕兵，王度也不战而退。

战事平定以后，苻生开始大兴土木，建造享乐场所。金紫光禄大夫程肱劝谏苻生不要劳民伤财，却被斩首。

光禄大夫强平是苻生的舅舅，也来劝谏苻生要爱护臣民，减轻

刑罚。话还没说完,苻生就动怒了,命人取来凿子凿穿他的头颅。苻生还不解气,又将替舅舅求情的官员全部贬职。太后哀伤不已,又恨儿子毫无人性,竟然抑郁成疾,绝食而亡。苻生也没有一丝悲伤。

一天,苻生与妃子登楼远望,妃子指着楼下一人,询问那人的姓名官职。苻生一看是尚书仆射贾玄石,见他仪表堂堂,不禁醋意大发,对妃子说:"莫非你喜欢他吗?"说完苻生就叫卫士过来,命他把贾玄石的首级取来。不一会儿,卫士提着贾玄石的首级来报,那妃子见了吓得不知所措,只得磕头求饶。

苻生喜欢吃枣子,有一次牙痛得厉害让太医来看。太医说:"陛下没有什么大毛病,就是枣子吃太多了才会牙疼。"苻生听完,一声狂吼:"你又不是圣人,怎么知道我枣子吃多了?"当即挥剑斩杀了太医。

苻生变得越来越残暴,经常滥杀无辜,朝廷上下人心惶惶。寿光三年(357年)六月,东海王苻坚和兄长苻法联合朝臣密谋废掉了苻生。苻生虽然懊恼但也无可奈何。

不久苻坚在众人拥戴下继位,自称大秦天王,改元永兴,苻生被逼自尽。

 晋 | **31. 慕容氏危机四伏**

苻坚继位之后,立儿子苻宏为太子,兄长苻法为丞相。王猛经人推荐受到苻坚的重用。可苻坚的母亲担心苻法威胁儿子的统治,就赐死了苻法,苻坚得知后痛哭流涕。

此后苻坚励精图治,前秦在他的治理下和平安宁,百姓无不对他歌功颂德。

再说燕主慕容儁称帝以后,四处征战取得了不俗的战绩,随后大肆分封宗室大臣。慕容儁又忌惮慕容霸的战功与实力,就命他改名为慕容垂。

慕容儁的母亲段氏与段龛是表亲,但段龛据守广固,自号齐王,向晋称藩,并且攻打燕国,还斥责慕容儁称帝。慕容儁一怒之下派军讨伐段龛。段龛不敌燕军,只得投降,之后被慕容儁斩首,齐地就此安定。

不久,燕太子慕容晔病逝,慕容儁立第三子慕容暐(wěi)为太子,改元光寿。这一年是晋穆帝升平元年(357年)。

同年,慕容儁命慕容恪、阳骛、乐安王慕容臧等人接连攻陷汝、颍等郡县,占据上党,平定了河北。慕容儁因此将都城迁到邺城,又率军南下,想要谋取关西,于是大量征集士兵和粮草。

当时,晋将荀羡攻打燕国并擒住燕泰山太守贾坚。贾坚宁死不

屈，绝食而死。随后燕国援军赶到，苟羡战败，他由此愤懑成病，不久就去世了。

转眼到了升平三年（359年），晋国泰山太守诸葛攸又派兵讨伐燕国，晋军再次战败。燕军庸王慕容评乘胜追击，并分兵进逼河洛。晋廷西中郎将谢万率众援助洛阳，但中途被吓得逃回来了。晋廷随后将他贬为庶人。

前燕形势大好，燕主慕容俊却在此时患病。他召来太原王慕容恪嘱托后事，直言想把皇位传给他。慕容恪却坚定地说："陛下若认为臣能担得起治理天下的重任，又为何认为臣不能辅佐好太子？"慕容俊听完十分高兴。

后来慕容俊的病好了一些，想再次攻打晋朝。升平四年（360年）正月，他还举行盛大的阅兵仪式，正要派慕容恪及阳鹜将军攻打东晋。哪知第二天，慕容俊旧病复发，奄奄一息。临终前，他召见慕容恪、阳鹜、慕舆根和慕容评等人，让他们辅佐朝政，随后撒手人寰，享年五十三岁。随后年仅十一岁的太子慕容暐继位。

太原王慕容恪升为太宰，总揽朝政，慕容评、阳鹜及慕舆根三人辅政。可慕舆根却不安好心，想劝慕容恪篡位。慕容恪得知大惊，把慕舆根好好教育了一顿。慕舆根还不死心，转而向太后可足浑氏诬陷慕容恪和慕容评图谋不轨。

得知此事的慕容恪和慕容评直接上奏燕主，告发慕舆根的罪行，随后将他与其党羽一同处死，燕国朝廷局势暂时得以稳定。

再说凉州大将军张瓘谋杀朝中大臣宋混失败，被困住后自刎而死。凉州王张玄靓任命宋混辅佐朝政，但不久宋混病重去世。张玄靓又命宋混的弟弟宋澄辅政。

右司马张邕（yōng）憎恨宋澄专政，起了杀心，竟然带领手下把宋澄及宋氏家族全部杀死。张玄靓没有办法，只好任命张邕为中

31. 慕容氏危机四伏

护军，与叔父张天锡一同辅政。

上位后的张邕骄奢淫逸，滥施刑罚，成为朝廷的一大祸患。张天锡与亲信暗中谋划铲除张邕，结果行动失败，让张邕得以逃脱。随后张邕带了三百多名士兵，攻打躲入宫内的张天锡。

张天锡站在楼门大声喊道："张邕凶残无道，杀害宋氏一族，如今又想颠覆我们一家。你们世代都是我大凉的臣子，怎么忍心把刀剑对准我呢？"

张邕的手下听了张天锡的话陆续散去，张邕见大势已去，拔剑自刎。张天锡转头便杀害了张邕的族人与同党。

张玄靓于是任命张天锡为冠军大将军，都督中外军事，从此张天锡独掌朝政大权。张玄靓的母亲郭氏因张天锡独断专行，与人密谋杀掉他，不料事情败露。张玄靓十分害怕，甘愿让位，但张天锡没有接受。

不久,张天锡派人杀了侄子张玄靓,对外谎称暴毙,然后自称大都督、大将军、凉州牧。

自晋穆帝亲政以来,江淮一带还算比较安宁,只不过与燕国交战数次,接连失利。到了升平五年(361年)五月,年仅十九岁的晋穆帝突然患病去世,由于他没有子嗣,会稽王司马昱等人拥立成帝的长子琅琊王司马丕继位,史称晋哀帝。

晋哀帝登基后,命司马昱总管朝廷政务,又升桓温为大司马,负责一切军事。

此时,慕容恪打算派军攻打洛阳,洛阳守将陈祐以借兵为名逃出城去,留下长史沈劲带着五百将士坚守。

晋廷得到这一消息,立即派司马昱与桓温会面商议如何抵御燕军。就在这时,突然接到哀帝病危的消息,司马昱立即赶回都城。抵达建康时,哀帝已经去世了。

原来哀帝迷信方士,每日进食金石,体内积聚了很多毒素,时间一久便丧了命。哀帝没有子嗣,他的弟弟司马奕继承了皇位,史称晋废帝。

因为哀帝突然驾崩,晋廷一片忙乱,救援洛阳的事情也被搁置。燕太宰慕容恪和吴王慕容垂趁机带兵猛攻洛阳,沈劲被俘后宁死不降,被杀身亡,洛阳沦陷。慕容恪又接着带兵谋取河南等地,关中大震。

秦王苻坚亲自领兵抵御燕兵,慕容恪见秦军防备森严,无法攻克,就收兵回邺城了。慕容恪任命慕容垂为征南大将军,领荆州牧,掌管荆、扬、洛、徐等十州军事,并给他配兵一万,让他驻守鲁阳。

自始至终,晋廷没有派遣一兵一卒救援河洛,只是追赠沈劲为东阳太守。

不久,慕容恪病亡,临终之前再三叮嘱慕容评、慕容暐等人不

31. 慕容氏危机四伏

要存有私心，要以大局为重，共同推举吴王慕容垂担当大任。可燕主慕容暐还是为了私利，任命弟弟慕容冲为大司马，只是封慕容垂为车骑大将军。

当时秦将苻庾向燕投降，慕容暐想发兵接应，以谋取关右，但遭到太傅慕容评拒绝。慕容垂也认为这是夺取关中的好机会，无奈自己的建议不被采纳，只能暗自痛心。不久传来消息，苻庾及其党羽被杀，秦将王猛平定了陕城。

紧接着又有警报传来，晋军大举西犯。慕容垂立即自请杀敌，但又遭到慕容暐拒绝。慕容暐命下邳王慕容厉为征讨大都督，发兵两万，让他前往作战。

太和四年（369年）六月，慕容厉和桓温在黄墟大战一场，桓温大获全胜，慕容厉逃跑。桓温派出的其他各路将领也接连获胜，晋军直抵枋头。

燕主慕容暐和太傅慕容评接连收到战败的消息，吓得魂飞魄散，急忙遣使向秦求救。慕容垂再次请求出战，这次慕容暐答应了。同时慕容暐以虎牢西境作为交换，获得秦军的支援。

桓温一方面与慕容垂交战接连失利，粮道也被燕兵截断；另一方面又探得秦军前来援助，变得左右为难，最后只好放弃北伐，引军回晋。

32. 苻坚灭燕

桓温北伐失败而归,出兵时的五万大军只剩下了六七千人。他自己觉得颜面无光,就想方设法推卸责任。朝廷因为忌惮桓温,没有降罪于他。

慕容垂获胜归来名声大振,这让太傅慕容评对他更加忌恨。慕容垂上奏请求封赏将士,慕容评却置之不理,两人在朝堂上发生争吵,燕主慕容暐也不敢劝和。

燕太后可足浑氏和慕容垂也不和,便召来慕容评商议除掉他。慕容恪的儿子慕容楷得知了太后的阴谋,立即告知慕容垂,让他先发制人。慕容垂却愤然说道:"我就是死也不做骨肉相残的事情!"

第二天,慕容楷又来劝诫慕容垂先下手为强,慕容垂还是不肯,他想如果真的有危险,自己不如逃到其他地方避祸,但一时也不知该去往何处。后来在儿子慕容令的建议下逃往秦国。

秦王苻坚听说慕容垂前来投奔,不禁大喜,亲自去迎接。只有王猛对慕容垂怀有警惕之心,他对苻坚说:"慕容垂父子就像龙虎一样,若让他们一朝得志就无法控制啊,不如尽早铲除为好!"苻坚爱惜英才,没有杀害他们,还封慕容垂为冠军将军、宾都侯,封慕容楷为积弩将军。

此时秦国与燕国交好,两国互派使者往来。燕国使臣梁琛回国

32. 苻坚灭燕

后,向慕容评报告说:"秦人经常阅兵,又在陕东囤聚粮草,无非是图谋攻取燕国,两国之间的和平恐怕不会维持太久。现在吴王又投靠了秦国,太傅应该早做准备!"

慕容评听后却丝毫不担心,梁琛又上报给燕主慕容暐,慕容暐也不以为意。

这时,秦国派使者石越前来索要燕国答应割让的虎牢西境,慕容评却不肯兑现承诺。

秦王苻坚正愁没有借口兴兵讨伐燕国,现在燕人背约,正好师出有名。他立即派辅国将军王猛、建威将军梁成、洛州刺史邓羌率领三万步兵进攻洛阳。洛阳守将慕容筑听说秦兵入境,立即派人去邺城求援。

当时是燕国建熙十年(369年)冬季,燕国朝廷正在准备过年的事情,竟把洛阳战事抛之脑后。第二年元旦,燕廷一派喜气洋洋,谁知洛阳战事已经是十万火急了,等警报接连传来才派人出兵援助洛阳。

慕容筑还在洛阳坚守,见援兵迟迟未到,焦急万分。这时从城外射入一封招降书,慕容筑看完书信,想到慕容垂投靠了秦国,燕国已危在旦夕,于是打开城门投降。王猛欢天喜地地率军进入洛阳。

之前王猛出发攻打燕国时,专门去拜访了慕容垂,慕容垂为他设宴践行。王猛喝着酒对慕容垂说:"我现在将要远行了,你有什么东西可以送给我吗?也好让我睹物思人。"慕容垂感到有些莫名其妙,但还是解下腰间的佩刀送给王猛。

哪知王猛到了洛阳,利用慕容垂的佩刀作为信物,假传口令,让慕容令叛逃回国。慕容令不知是计,立即投奔乐安王慕容臧,王猛随后上表苻坚说慕容令叛逃,慕容垂知道以后也只好逃走。

慕容垂走到蓝田被燕兵追回,苻坚见了慕容垂也没有降罪于他。

32. 苻坚灭燕

逃回前燕的慕容令就惨了，燕主慕容暐等人担心他是秦国的奸细，将他贬到偏远的沙城。慕容令郁闷不已，最终起兵造反被杀。

桓温自从败给慕容垂以后，一直找寻机会再次攻打燕国。现在听说秦人正在攻打洛阳，于是部署兵马，准备讨伐寿春。

燕国得知以后立即派兵支援。两军大战一场，晋军大破燕军，桓温等人杀入南城，在寿春城下修筑长围，截断燕军的援军。前来援助寿春的燕军中途接到急诏，只好返回抵御秦军。

王猛因粮道不通，暂时停止伐燕，班师回朝了。半年之后，王猛做好了充足的准备，苻坚派他率六万大军再次征讨燕国。

王猛直逼壶关，镇南将军杨安等人进攻晋阳，慕容暐让慕容评领兵三十万抵御秦兵。慕容暐正在宫中为战事忧心不已，突然传来警报，称壶关已经失守，上党太守南安王慕容越被敌军捉去，周边郡县相继投降秦国。

慕容暐只得派人催促慕容评迅速出兵，但慕容评因为畏敌，一直驻扎在潞川，不敢向前。

王猛攻破壶关之后，又协助杨安攻打晋阳。但晋阳城池高深，不易攻克，王猛就派人挖地道潜进城中。晋阳守将慕容庄没有想到秦军会从地下钻出，来不及防备，被抓了去。其余的士兵也都投降，晋阳陷落。王猛乘胜率军来到潞川，与慕容评对战。

慕容评在潞川逗留多日，居然私自敛财，做起倒卖山泉水的生意。士兵无奈，只得向他买水。王猛听说这件事，不禁冷笑着说："慕容评真是奴才，纵使他有百万士兵也不用怕他，何况只有二三十万呢！我此行定能灭燕。"于是立即派游击将军郭庆带领五千骑兵夜袭燕军。

等到三更的时候，秦军偷偷点火烧了燕军的辎重粮草，一时间火光冲天，燕兵纷纷仓皇逃命去了。由于火势很大，连身在邺城的

慕容暐都看见了火光。他十分担忧，立刻派使者谴责慕容评自私贪财，让他将财物分给士兵，好振奋士气，背水一战。

慕容评惊恐交加，只得向王猛下了战书，约定交战日期。

两军交战，慕容评的军队精神懈怠，毫无战斗力，王猛的军队勇猛无比，所向披靡。最后燕军被晋军打得四处溃逃，慕容评也逃回邺城。

而后，秦军长驱直入，包围邺城。得知王猛胜利在望，苻坚亲自率军前来接应。七天之后，苻坚率领十万精锐来到安阳，准备看着王猛攻下邺城再返回秦国。

此前宜都王慕容桓率领一万多名将士屯居沙亭，作为慕容评的后援。后来慕容评兵败，移军内黄。苻坚派人进攻信都，逼近内黄，慕容桓逃往龙城，朝廷大震。后有燕国散骑常侍余蔚等人，主动打开邺城北门迎接秦主苻坚进入。

燕主慕容暐、太傅慕容评、乐安王慕容臧等人纷纷向北逃去。后来慕容暐被秦军抓获，其他人也做了俘虏被押到邺城，只有慕容评逃到龙城。

苻坚让慕容暐返回邺城王宫，带领燕国百官一起投降，至此前燕灭亡，享国八十五年。

慕容评逃往高句丽后被当地人抓住送到邺城，秦主苻坚赦免了他。苻坚还给慕容暐和慕容评封了官，前燕朝廷中有才干的官员也被授予官职。

慕容垂见到前燕旧僚，常常露出气恼的神色。前郎中令高弼劝他说："以后还要靠你重建燕国呢，你要不计前嫌才好！"慕容垂这才欣然接受了。

 33. 野心家桓温

秦军与燕军作战时,桓温攻破寿春,又击败了秦将王鉴等人。秦王苻坚见南边失利,转而向西攻打仇池。一经交手,仇池就被秦军攻破,仇池公杨纂投降。

西部军情紧张,晋廷却无暇西顾,朝政因桓温专权而动荡不安。

桓温如今在晋朝算是一手遮天,他本就目无君主,对皇位也渐渐生出非分之想。他曾对亲信说道:"我这样籍籍无名,恐怕要被司马师兄弟耻笑了!"又说:"男子不能流芳百世,也要遗臭万年啊!"以前有人将桓温比作王敦一样的人物,桓温心里很不服,如今却羡慕起王敦来,也想发动叛乱。

桓温此前的目标是统一北方,立功扬名,但是枋头一战大败后,他的声誉急剧下降了。攻克寿春后,桓温问参军郗超:"这次胜利能让我一雪前耻吗?"郗超表示不能,桓温很失望。

郗超当晚向桓温献上一条计策。第二天,民间谣传皇帝司马奕不能生孩子,皇子都是皇帝的宠臣与后宫美人私通所生。桓温以此为借口,要求太后褚氏废去司马奕,改立丞相司马昱。太后信以为真,竟然同意了。

桓温随即召集百官,宣布太后的命令。百官都感到无比震惊,但没人敢抗议。桓温将司马奕送出宫,迎立司马昱。司马昱当即入

宫,接受群臣朝拜,登上帝位,改太和六年(371年)为咸安元年,史学家称他为简文帝。

桓温废帝之后,他在朝中的权势也达到顶峰,并且不断打压自己的对头来巩固地位。武陵王司马晞、新蔡王司马晃,还有废帝司马奕的皇后庾氏族人,都是桓温的眼中钉。桓温想出一条恶毒的计策,陷害司马晞父子与司马晃、庾氏兄弟等人一同谋逆,请求皇上诛杀司马晞。但司马晞是简文帝的同胞兄弟,简文帝不同意杀他,而将他和司马晃贬为庶人,但其他人被斩首并诛灭三族。

桓温的气焰日益嚣张,又擅自杀了东海王司马奕的三个儿子,还奏请废黜东海王。简文帝没有同意,改封司马奕为海西县公。后来,桓温请调到姑孰任职。

虽然桓温不在朝堂,但留下了心腹郗超替他打探朝中之事。简

33. 野心家桓温

文帝日日惶恐不安,担心自己被废。过了一年,简文帝派人请桓温入朝辅政,桓温推辞了。

谁知简文帝突然病重,自感时日无多,于是立十岁的皇子司马昌明为太子,封司马道子为琅琊王,又连发四道诏令让桓温入朝。桓温一直心存戒备,不肯应召。简文帝只好命人写好遗诏,让桓温辅助朝政。

不久,简文帝驾崩,享年五十三岁,在位不满一年。

朝中大臣齐聚朝堂,都不敢提立新君之事,私底下议论纷纷。有人甚至说等大司马桓温来了再做定夺。尚书仆射王彪之却严肃地说:"天子驾崩,太子继位,这是古今通例,大司马有何资格干预此事!"

满朝大臣这才安静下来。太子司马昌明于是登上帝位,颁布诏令大赦天下,史称孝武帝。褚太后认为孝武帝年幼,提议让桓温摄政,结果被王彪之劝阻。

第二年,改元为宁康元年(373年)。桓温竟然擅自离开姑孰入朝,朝廷上下都感到惶恐,大臣们纷纷猜测桓温无故入朝,不是废幼主就是诛杀王、谢家族。王坦之对此忧心忡忡,谢安却镇定自若。

桓温入朝拜见孝武帝,只是询问了一些政事,没有什么特别的举动。一天,桓温去高平陵祭拜。一路上,侍从见桓温在马车上频频对着空气拱手作揖,都感到十分奇怪。

途中,桓温多次回头对身边的人说:"先帝有灵,你们可看见了?"侍从们不懂他在说什么。到了陵前,桓温下车叩拜,一边磕头一边说:"臣不敢!臣不敢!"祭拜完后嘴里还念着"臣不敢",侍从们都觉得莫名其妙。

桓温坐车返回,又问侍从:"殷涓长什么样?"侍从回答殷涓又矮又胖。桓温大惊失色,说:"没错、没错,他当时就站在先帝的左边呢。"

当晚桓温突然病倒，身体忽冷忽热，满嘴说胡话，病了好几天，等好一些就回了姑孰。回去以后，桓温的病情更加严重了，他却还想加九锡，多次派人入朝催请，但是谢安等人一再借故拖延。桓温不能如愿，心里十分怨恨。

桓温的弟弟桓冲来探望他，临死之前，桓温嘱咐桓冲说："谢安、王坦之不是你们可以牵制的，桓熙、桓济他们力量弱小，我死后由你统领我所有的部下。"不久，桓温在姑孰病逝，享年六十二岁。

桓温的长子桓熙不满父亲的兵权落入桓冲之手，与弟弟桓济等人密谋杀害桓冲。结果桓冲事先发觉，把他贬到长沙郡，又命桓温的幼子桓玄继承爵位。后来朝廷封桓玄为南郡公，升桓冲为中军将军，镇守姑孰，督领扬、雍、江三州军事，兼任扬、豫州刺史。

有人劝桓冲杀了王坦之和谢安，独揽朝政大权，桓冲却一反桓温的做法，事事奏明朝廷才施行，因此朝廷上下得以安宁。

谢安还是担心桓冲干政，奏请褚太后临朝听政，群臣都没有什么异议，只有王彪之表示反对。谢安并不听从他的意见，率领百官直接上奏，坚决要求褚太后临朝听政。

次日，褚太后便开始临朝听政，升王坦之为尚书令，谢安为仆射，并令二人一同辅政。不久，王坦之病逝，他留有遗书给谢安和桓冲，字字都在告诫两人要为国分忧，朝廷追赠他为安北将军。

桓冲深知谢安名望很高，上疏表示愿意把扬州刺史一职让给谢安。朝廷于是下诏调桓冲为徐州刺史，命谢安担任扬州刺史。

转眼间孝武帝年满十四岁，行过了冠礼，褚太后正式把政权交给孝武帝，同年改元为太元元年（376年）。谢安升任中书监，录尚书事，桓豁加封征西大将军，桓冲加封车骑将军，兼尚书仆射，其他官员也各有升迁。

苻秦此时雄踞北方，派人攻打晋朝的梁、益二州，不久两州失陷。

33. 野心家桓温

苻坚又召王猛入关担任丞相。王猛上任以后，赏罚分明，善用人才，秦国变得越加强盛。

秦王苻坚建元十一年（375年），丞相王猛患病。秦王苻坚十分紧张，亲自到宗庙为王猛祈福，还派遣近臣到各大高山大河祈祷，希望王猛赶快好起来。

过了半个月，王猛的病情并没有好转，还忽然加重了。苻坚前去探望，王猛强打起精神对苻坚说："晋朝如今君臣上下一心，社稷安宁和谐，臣认为有一个和睦友好的邻国是国家的福气。臣死以后，希望陛下不要想着谋取晋国，鲜卑、西羌才我们的大患，应该趁早铲除。"说完王猛就去世了，享年五十一岁。

苻坚大哭一场，对太子说："难道上天不想让我平定天下吗？为什么让王猛这么早离我而去呢？"

 ## 34. 苻坚荡平西北

王猛在世的时候，凉州牧张天锡突然派使者前来，声称要与苻秦绝交。王猛给张天锡回了一封信，让他自求多福。张天锡看完信后很害怕，连忙向秦谢罪称藩。秦王苻坚没有继续追究，但也知道张天锡并不是真心臣服。

突然传来消息，秦国命令河州刺史李辩据守枹罕，募兵屯粮。枹罕是凉州的要塞，张天锡感到秦国可能要发动战事，于是和晋结为联盟。这一举动彻底惹怒了苻坚，太元元年（376年）仲夏，他下令讨伐凉州。

苻坚一面征调十三万大军，交由各位将领统率，同时命秦州刺史苟池、河州刺史李辩、凉州刺史王统率领三州部众随时接应，一面派遣使者阎负、梁殊赶赴姑臧，召张天锡入朝。

张天锡立即召集群臣商议对策，最后决定与秦国对抗到底，杀害了秦国派来的使者。随后，张天锡派龙骧将军马建率两万士兵抵御秦军，可惜初战不利，又命征东将军常据率兵三万戍守洪池，自己则率领五万兵马驻守金昌。

秦国以姚苌为先锋，长驱直入，马建投降，常据自刎而亡。秦军进入清塞，张天锡立即派中卫将军史荣率五万兵马抵御秦军，没想到一战过后，全军覆灭。

34. 苻坚荡平西北

张天锡欲哭无泪，只能亲自带兵迎战。但刚出城，城内又发生叛乱，张天锡别无他法，只好带着数千骑兵逃往姑臧。张天锡回到姑臧没几天，秦军便兵临城下。警报接连传来，张天锡叹气说："怎么办！怎么办！"

左长史马芮劝张天锡投降以谋生路，张天锡听从了。他出城向秦军投降，后被押往长安，封为归义侯。凉州各郡县也相继投降，前凉至此灭亡，享国七十六年。

苻秦灭凉以后，又想吞并代国。匈奴首领刘卫辰身为代王拓跋什翼犍的女婿，反复无常，时而归附代国，时而叛离，代王忍无可忍，最后发兵征讨，刘卫辰急忙向秦求援。秦国正愁找不着机会出兵，立刻派出三十万大军讨伐代国。

代王拓跋什翼犍派南部大人刘库仁率领骑兵十万抵御秦军，结果刘库仁失败而归。这时拓跋什翼犍又身患重病，不能亲自领军，只好退到阴山以北，等秦军退去后，才回到云中。

不久代国内部发生叛乱，拓跋什翼犍的庶子寔君发动政变，杀死拓跋什翼犍。秦军正在君子津驻扎，听说代国发生内乱，迅速出兵攻克云中，代国灭亡。

秦王苻坚听从原代国长史燕凤的建议，将代国遗民交由刘库仁、刘卫辰两人分别统领，等拓跋什翼犍的幼子拓跋珪长大，再册封他。这样一来，代国人纷纷感恩戴德，死心塌地地替秦国镇守边疆。

秦王苻坚荡平西北后名声大振，周边的小国都来归顺，向秦进贡。苻坚大喜，不免骄纵奢侈起来，又想着攻打江南，统一全国。慕容垂等人见状，暗中开始筹备复兴燕国之事。

晋朝得到消息，立即召集内外大臣整顿防务，并四处访求文武良将。谢安向朝廷举荐了侄子谢玄，朝廷令他管辖江北。

谢玄上任后，严格训练士兵，招募人才，并命刘劳之为参军。刘劳之统领的军队所向披靡，被称为北府兵。

晋太元三年（378年）二月，苻坚大举进攻晋朝，派征南大将军苻丕负责统领军事，命领武卫将军苟苌、冠军将军慕容垂、扬武将军姚苌等人，率军十七万南下，准备攻打襄阳。

襄阳守将朱序认为秦军没有船渡江，一点都不担心。不料秦将石越竟然带领五千骑兵架浮桥渡过汉水，直逼襄阳。朱序得知后急得手忙脚乱，立即调兵守城。秦军攻破外城，夺取了一百多艘战船。随后秦军后续部队也成功渡江，城中大震。

朱序的母亲韩氏颇懂兵法，她亲自带着奴仆登城巡视，突然发现西北角的城墙很不坚固，于是召集仆人，并拿出钱财在城中招募了一些妇女，修筑一面倾斜的城墙。只花了一天一夜的工夫，斜墙就建好了。

果然，西北角被秦军攻陷，秦军一齐拥入，却又被斜墙拦住去路。襄阳人都很佩服韩氏的远见，于是将新城取名为夫人城。

34. 苻坚荡平西北

但襄阳单靠着夫人城也难以抵挡秦军的进攻,桓冲此时带领七万兵马屯守上明,却畏惧秦兵强盛,不敢进攻。

苻丕打算急攻襄阳,苟苌却说:"我军人数多于敌军,粮食充足,应该与敌军打持久战,并且切断他们的援兵和粮草,这样自然得胜,何必急于求成,造成更多人员伤亡呢?"苻丕听从了建议,下令暂缓进攻,只是让士兵围堵襄阳城。

慕容垂此时也攻克南阳,来到襄阳,与苻丕会师。

两军相持多日,很快就到了冬末。秦御史中丞李柔弹劾苻丕出师无功,苻坚派使者指责苻丕:"来年春天,如果还不能攻克襄阳,你可就地自裁,不必再来见我了!"接到诏令,苻丕无比惶恐,直接率兵猛攻襄阳,但被朱序多次击退。襄阳督护李伯护却卖主求荣,与秦军暗中勾结,趁朱序不备将他捆绑起来送到秦军大营,襄阳就此沦陷。

朱序被押往长安,苻坚听说朱序是守节忠臣,还给他封了官,

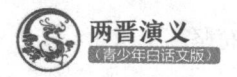

认为李伯护不忠，将他处死。

此时彭城也被围困已久，晋朝派谢玄前去救援。谢玄派后军将军何谦去劫秦兵的军需物资，秦将彭超率兵回援，彭城太守戴逯趁机逃出来。但是何谦刚撤退，彭城便被秦兵占领了。

秦军接连攻克了盱眙、淮阴，秦将王显、彭超、俱难等人又合军进攻三阿。谢玄立即从广陵出发援救三阿，并重新夺回盱眙、淮阴和三阿城。

苻坚大怒，把俱难贬为平民，彭超也畏罪自杀。谢玄回到广陵，将捷报上表朝廷，孝武帝加封谢玄为冠军将军，其他有功之臣也都各有封赏。

秦建元十六年（380年），苻坚因忌惮唐公苻洛，将他外调镇守成都。苻洛不满这样的安排，就和部下商议谋反。他自称大都督、秦王，与北海公苻重联合，率领十万大军攻打长安。

苻坚大怒，先是遣使责备苻洛，然后派左将军窦冲、步兵校尉吕光领兵四万讨伐苻洛，又发三万冀州兵为前锋一同讨伐。双方在中山交锋，苻洛大败被擒，苻重逃跑被吕光追上，一刀毙命。

苻坚将苻洛流放到凉州西海郡。因为此次苻洛作乱，苻坚不得不将同族人分派各地，免得再生出祸端。

两年之后，苻坚又打算大举南下进攻晋朝。这时候苻法之子苻阳和王猛之子王皮等人想要谋反，但因阴谋泄露全都被捕。苻坚赦免了他们的死罪，把他们贬到偏远地方去了。

当时，车帅、鄯善两国派人前来，表示愿意做向导引秦兵进攻西域。苻坚立即派吕光统兵十万前往，吕光不负所望，很快收服了西域诸国。

后来苻坚又召集群臣商讨伐晋之事，大部分臣子都不赞同伐晋，但苻坚一心想统一天下，对于大臣的劝谏全都置之不理。

35. 淝水之战

秦王苻坚有一位宠妾张氏,聪敏过人。她听说苻坚想攻打晋国,也进言劝阻,苻坚却说:"妇人家有什么见识,竟然来管国家大事?"

太子苻宏、阳平公苻融和一班文武大臣都不支持伐晋,唯独慕容垂表示赞成,他对苻坚说:"弱肉强食是古往今来的生存法则,以陛下的神武,加上精锐的军队,以及满朝有才之士,何不将晋国这样的小国早日灭掉?"

听完慕容垂的话,苻坚顿时感觉找到了知音,高兴地说:"能与我共同平定天下的,只有爱卿一人了。"

一年后,晋将桓冲率领十万大军攻打襄阳,并派前将军刘波等人进攻沔水北部诸城。桓冲连续攻打好几天也没攻下,就分兵进攻筑阳。

警报传到长安,秦王苻坚立刻派遣苻睿、慕容垂等人率兵援助襄阳,又派兖州刺史张崇、后将军张蚝、步兵校尉姚苌支援武当、涪城。桓冲听说秦兵将至,退到沔水以南驻扎。

苻坚没想到晋朝竟敢率先进攻,更加愤怒了,于是在全国范围内征兵攻打晋国。大约每十个男子中就要抽一个人当兵,共征得三万多人。

慕容垂与姚苌等人经常怂恿苻坚出兵,阳平公苻融劝谏道:"鲜

卑和羌族是我们的仇家，他们喜欢说一些花言巧语巴结人，陛下不要轻信他们，以免误了大事啊！"

苻坚始终不听劝，反而让苻融等人率领二十五万人马作为前锋，自己率大军作为后援，又命姚苌为龙骧将军，负责益、梁二州的军事。

慕容楷私底下对慕容垂说："主上现在一天比一天骄纵，衰败是迟早的，叔父这次一定要好好把握机会兴复燕室啊！"

慕容垂点头说道："这件事必须靠大家齐心协力才能成功。现在什么都不要说，先南下看秦晋交战。"然后与苻坚一同从长安出发，随行的共有六十多万步兵，二十七万骑兵，队伍绵延千里。

到了建元十九年（383年）九月初旬，苻坚的大军抵达项城，凉州兵刚到咸阳，蜀汉兵正顺流东下，幽冀兵已经到了彭城，各路军队正水路并进，有序集结。苻融的二十五万前锋部队率先抵达颍口。

警报不断传向建康，孝武帝急忙命谢石为征虏将军兼征讨大都督，谢玄为前锋都督，与辅国将军谢琰等人率八万将士抵御秦军，又派龙骧将军胡彬领五万水军支援寿阳。

面对苻秦的数十万大军，谢玄有些忧心，便向谢安问计。谢安只淡淡说了一句："朝廷已有安排。"第二天，谢玄再去请教，谢安却邀他和其他亲友到山间别墅游玩，还一直拉着心不在焉的谢玄下棋，始终不提军情，直到傍晚才返回。

与谢安相比，桓冲显得很焦急。他上疏请求派遣三千人支援京师，却被谢安拒绝。桓冲对部下说："谢安石虽有身居庙堂的气量，却不懂军事。如今大敌当前，竟然还在游山玩水，派一些不经事的年轻人抗敌，天下大势可想而知了！"

过了一个月，苻融攻克寿阳，生擒晋军守将徐元喜。晋将胡彬听闻寿阳被攻陷就退到硖石，苻融又派兵继续进攻。胡彬因为粮食

35. 淝水之战

即将告罄，派使者通知谢石等人说："现在硖石的粮食快没了，如果有什么不测，恐怕再见不到大军了。"

不料晋军使者在半路被秦军抓住，苻融从使者口中得知了晋军的情况，立刻派人通知秦王苻坚攻打胡彬。苻坚率领八千名轻骑与苻融会合，并派朱序去劝说谢安速速投降。

朱序本是晋臣，一心护着晋国，他来到谢石的军营，私下里对谢石和谢玄说："秦军有近百万之众，他们要是同时攻来，我们绝对抵抗不了。趁秦军还未集结在一起，应该速战速决。如果打败秦军的前锋部队，挫了他们的锐气，秦军就不战自溃了！"

谢玄十分赞成朱序的建议，还嘱咐他找机会回归晋国。随后，谢玄开始排兵布阵。他命广陵相刘牢之率先领五千精兵向洛涧的秦将梁成发起猛烈进攻，刘军一路势如破竹，斩杀梁成，秦弋阳太守王永赶来救援，也被刘牢之斩杀。秦军见主将被杀一哄而散，死伤多达一万五千人,所有军备粮草都被晋军截获。

苻融听说洛涧兵败,急忙赶回寿阳,他与苻坚登城遥望,看见晋军气势逼人,不禁暗暗自惊讶,又见远处八公山上似有千军万马,苻坚感慨道:"这分明是劲敌啊!怎么能说是弱国呢?"苻融也感到胆战心惊。

其实八公山上并没有任何兵马,只是草木茂盛罢了,只是苻坚因为吃了败仗疑惧交加,以致草木皆兵。但他现在骑虎难下,只能与晋军一战到底了。

苻坚调派各军在淝水西岸加固防线,阻止晋军渡河。谢玄苦于无法渡河便采用激将法,他派使者对苻融说:"贵军远道而来志在速战速决,现在却阻止我军渡河,这究竟是想速战呢,还是想打持久战?贵军不如后退几里,让我军渡河,然后一决胜负。"

苻融把谢玄的话转告苻坚,苻坚召来诸将商议,大家纷纷劝谏

淝水交锋兵多易败

35. 淝水之战

说:"我军比敌军多,现在扼守淝水,不让他们上岸,才是万全之策。"

苻坚反驳道:"我军只需稍退后几步,等到敌军渡过一半,再以精锐骑兵围堵,杀他个片甲不留,这样不是更好吗?"苻融也赞成,随后麾兵后退。

然而,秦军一听到后退的命令就出现大乱,士兵立即掉头往后跑去,无法阻止。晋军转眼间已经飞渡上岸,齐集河边,手持强弓朝秦兵射来,秦兵更加慌乱,四处躲避。这时忽然听见有人大喊:"秦兵败了!"于是秦兵更加害怕,顿时溃散逃跑。

混乱之中,苻融拍马来回奔驰,企图制止撤退的士兵,但是士兵们都不肯回头。这时候晋军杀过来,苻融在乱军中掉下马来,惨遭晋军乱刀砍死。

苻坚见苻融被杀,惊慌得不得了,立即骑马逃走。晋军乘胜追击,直达青冈,秦军惨败,死伤无数。

逃亡的秦兵在途中听见寒鸦鸣叫、风吹树响,都以为是晋军来了,丝毫不敢停歇,疯狂逃命,可怜几十万大军,死伤七八。

淝水之战中,晋军大获全胜,朱序、张天锡等人也重新投奔晋朝。

36. 后燕的建立

苻坚在逃跑时身中数箭,骑着马疯狂奔逃,到了淮北听见没有追兵的声音才敢停下来休息。奈何饥肠辘辘,又没有东西吃,只得在坊间乞食。

百姓上前询问,得知他是秦王苻坚,纷纷主动献出食物,苻坚才得以饱餐一顿。这时正好张夫人寻来,苻坚又悲又喜,想想自己如此狼狈,哭着说:"我还有什么脸面治理天下?"

不久,有散骑陆续赶来,报告只有冠军将军慕容垂所率领的三万人不折一兵一卒。苻坚带着散骑投奔慕容垂,慕容垂恭敬地将他迎入军营。

慕容垂的儿子慕容宝偷偷对慕容垂说:"现在秦主兵败委身于我,是天要亡秦,如此天赐良机,正是要助我们复兴燕国,父亲不要因为顾及恩情,忘了社稷之重啊!"

慕容垂缓缓说道:"你说的有道理,但是秦主诚心投奔我,我怎么能加害他呢?不如暂时保护他以报恩,等到以后有机会再举事,这样才能让天下人归附。"其他人也劝慕容垂杀掉苻坚,但他始终不肯,还把兵权都交给了苻坚。

苻坚收拢残兵败将,与慕容垂一起返回都城。走到洛阳的时候,溃散的士兵陆续归来,大概聚齐了十万人。

36. 后燕的建立

慕容垂的儿子慕容农又说:"有秘籍记载,'燕若复兴,当在河阳'。请父亲早些下决心才好!"

慕容垂点头说:"我自有主意。"这时已经心动了。

大军将要进入潼关时,慕容垂对苻坚说:"北方百姓听说王师战败,互相煽动作乱,臣愿意去安抚,顺便到邺城祭奠先帝陵墓,还请陛下恩准。"苻坚自然答应了。

左仆射权翼向苻坚进谏说:"国家刚刚战败,四方皆有二心,臣担心慕容垂一去不回,关东地区从此就要陷入战乱之中了。"

苻坚因为已经答应了慕容垂,不好反悔,只能随他去了。他派将军李蛮、闵亮等人为慕容垂送别,又命骁骑将军石越率兵戍守邺城,骠骑将军张蚝率兵戍守并州,镇军将军毛当戍守洛阳。

秦军回到长安后,苻坚设坛祭奠苻融,大哭一场,然后下令抚恤阵亡家属。

而在晋朝一方,当淝水之战的捷报传回建康,朝堂上下高兴坏了。孝武帝论功行赏,升任谢石为尚书令,谢玄为前将军,谢安为太保,并封张天锡为散骑常侍,朱序为琅琊内史。

不久谢安上奏,请求趁苻坚大败,攻打淮北。朝廷同意了,命谢玄和桓石虔带兵平定兖、青、冀三州。这三州原本被秦军占据,如今晋军来攻,守城的秦军急忙向长安告急。但是淝水大败后,秦国内乱四起,秦王根本顾及不了远方。

陇西乞伏部的步颓首先叛秦,推举首领国仁为国主。随后丁零人翟斌发动叛乱,图谋攻打洛阳。苻坚命冀州牧苻丕召回慕容垂,让他带兵讨伐翟斌,苻丕特意派部将苻飞龙率领一千精骑充当慕容垂的副手。临行之前,苻丕告诫苻飞龙要提防慕容垂心生二心。

秦将石越听说后,急忙提醒苻丕说:"王师刚败于淝水,天下民心未定,怎么能派慕容垂去平叛呢?慕容垂是燕国老将,常常想

匡复燕国,现在让他带兵,无异于为虎添翼了。"

苻丕说:"我让他去攻打翟斌,正是想两虎相争,我再坐享其成。"

正当两人议论时,一个外吏进来禀告:"慕容垂私自祭拜燕庙,杀死亭中的官吏并将亭子烧毁后离去。"石越当即建议苻丕除掉慕容垂,苻丕却念在慕容垂救主有功,不忍心杀害他。

为了不使苻丕起疑心,慕容垂讨伐翟斌时将慕容农、慕容楷和慕容绍留在邺城。军队抵达汤池,有人从邺城赶来,将苻丕与苻飞龙的谈话告诉了慕容垂。

慕容垂不禁大怒,对部下说道:"我忠心侍奉苻氏一门,他们却屡次想谋害我们父子,我怎能束手就擒呢?"于是慕容垂借口兵马太少,在河内招募了八千士兵。

随后,慕容垂又对苻飞龙说:"我们现在距离敌兵不远了,应该昼伏夜行,这样才能出其不意,一举制胜。"苻飞龙认为慕容垂说的有道理,哪知正中了他的诡计。夜间,慕容垂派儿子慕容宝等人,趁着四周黑暗无光围攻苻飞龙,苻飞龙的军队都被消灭,他本人也被杀害。

另外,慕容垂派使者前往邺城,偷偷让慕容农等人起兵响应。慕容绍先去偷了苻丕的数百匹骏马,等候慕容农和慕容楷。到了除夕,慕容农和慕容楷趁机出城,与慕容绍会合后逃去。

建元二十年(384年)元旦,苻丕宴请宾客,派人去邀请慕容农等人,才发现他们已经逃走,苻丕后悔不已。

豫州牧苻晖见慕容垂一直没有赶到,又派毛当前去围剿翟斌。燕国旧臣慕容凤却和翟斌联合,斩杀了毛当,秦军也都被击败。

听说慕容垂将要到达洛阳,慕容凤劝翟斌迎接慕容垂,并推举他为盟主。

36. 后燕的建立

慕容垂到了洛阳以后，苻晖关闭城门不让他进去，还责备他擅自杀害了苻飞龙。正在慕容垂彷徨之时，翟斌派长史郭通前来说服他加入自己的阵营。慕容垂同意了。翟斌率领军队与之会合，并劝慕容垂称帝，但他婉言拒绝了。

随后慕容垂一行决定向北攻取邺城，荥阳太守余蔚将慕容垂迎入城中，慕容垂又得到了一万多人。部下又纷纷劝他称帝，慕容垂于是自称大将军、大都督、燕王，并给其他人封官拜爵。

逃出邺城的慕容农等人此时也集结了东夷、乌桓等部落，约好一同举事。

苻丕得知后，就让石越带兵去讨伐慕容农。慕容农立即派兵抵御，并斩杀俘虏了数百人，得胜回营。

慕容农担心自己的士兵看到敌军兵器精良会产生畏惧之心，就下令在夜间出击。两军交战数十回合，仍未分出胜负。

谁知秦军大将石越被慕容农的先锋刘木割去首级,秦兵顿时大乱,纷纷逃命,刘木又追杀秦军数里地才收军回城。慕容垂到了邺城城下,先收到了刘木的捷报,然后与慕容农会合。

接着,慕容垂自称燕王,立世子慕容宝为太子,改秦建元二十年(384年)为燕元年,史家称为后燕。

慕容垂集结军队围攻邺城,很快外城失陷,苻丕退守中城,双方陷入持久战。此时慕容德、慕容楷占领枋头、馆陶,自此关东六州各郡县陆续投降燕国。

晋 37. 苻坚伐后秦失败

听说慕容垂起兵,秦国北地长史慕容泓也逃到关东,收拢鲜卑部众数千人,在华阴驻扎,并自称大将军、幽州牧、济北王。

苻坚派巨鹿公苻睿率五万兵马去讨伐慕容泓。军队刚出发,就有报告称平阳太守慕容冲在河内起兵造反,响应哥哥慕容泓,并且攻占了蒲坂。秦王苻坚又派巨鹿长史窦冲去抵御慕容冲。

巨鹿公苻睿年少轻狂,鲁莽任性,不分析利害直接攻打慕容泓。慕容泓得知秦国大军将至,准备退往关东。苻睿得知消息,打算带军截杀慕容泓。

司马姚苌见状赶紧劝阻:"鲜卑各族都想回归故国,所以起兵作乱,如今正好驱逐他们出关,不可阻拦啊!"

苻睿却回答:"他们始终是祸患。俗话说,斩草要除根,现在趁机除掉他们,岂不更好!"

于是苻睿亲自带兵做前驱攻打慕容泓,可对方早有准备。两军交战,慕容泓故意引兵深入,苻睿中了埋伏被诛杀,秦军也损失惨重,剩下的几千残兵被姚苌救回。

姚苌立即派人回长安禀明战况,并且向苻坚请罪。哪知派去的使者被杀,朝廷还传令要捉拿姚苌。姚苌慌忙逃到渭水以北的马牧去了。

一些西州的豪族带着人马归顺姚苌并一再推举姚苌为盟主,最后姚苌自称大将军、大单于、秦王,改年号为白雀元年,史称后秦。

这时慕容冲被窦冲打败,投奔了哥哥慕容泓。慕容泓带着十多万人马在华阴驻扎,他派人给苻坚送去一封信:"慕容垂已平定关东,你们赶快奉送我家皇帝归国,从此两国永为邻好。"

苻坚收到书信怒气冲天,立即召来慕容暐说:"你们兄弟作乱,闹得天下不得安宁,当初我不忍杀害你们,还以礼相待,如今看来你们慕容氏真是人面兽心,让人可恨!"

慕容暐听完连忙叩头请罪,直至血流满面。苻坚这才稍稍消气,让慕容暐传令给慕容氏的叛党,叫他们罢兵回长安。慕容暐却偷偷派使者嘱咐慕容泓不要顾念自己的性命,以复国大业为重,并称若是自己被杀,叫他马上继位。

慕容泓收到慕容暐的密令后,就往长安进军,并写信给慕容垂,

37. 苻坚伐后秦失败

互结声援。

慕容垂引漳水围困邺城,许久都没有攻下,还差点被城中士兵射杀,幸好慕容隆前来援救才得以逃脱。

太子慕容宝一直对翟斌不放心,他对慕容垂说:"翟斌恃宠而骄,恐怕怀有二心,不可不除啊!"慕容垂却回答:"贪必亡,骄必败。如果他自行不义,又何必要我动手除掉他呢?"

不久,翟斌嘱咐自己的党羽向慕容垂代请尚书令一职,慕容垂说等到平定邺城以后再说。翟斌没有达到目的,心怀怨气,他暗地里派人将城中的水泄去。慕容垂知道后斩杀了翟斌和他的弟弟。

翟斌的侄子翟真带着部众逃到邺城下,想与苻丕内外响应。太子慕容宝和冠军大将军慕容隆与翟真相遇,给了翟真一计痛击,将他的军队击退。慕容垂因邺城久攻未下,加上丁零翟氏作乱,便引兵迁往新城。

后秦王姚苌进驻北地之后,苻坚亲自带兵前去讨伐。他先让人堵住姚苌去路,再派人三面进攻,并扼守住水道,不让姚苌通过。

姚苌抵不住秦军的进攻,屡战屡败,又因为没有水喝,不少士兵渴死,急得姚苌仰天长叹。突然间,天空黑云密布,电闪雷鸣,大雨倾盆而下,姚苌的将士们饮着雨水,欢呼雀跃,士气大增。

苻坚见此情形,指着天空叹息道:"老天爷、老天爷!难道你要保佑贼人吗?"

秦军顿时气馁,而姚苌军队的士气转衰为盛,他派使者与慕容泓约定互为声援。

这时燕谋臣高盖等人认为慕容泓执法过严,德望不及慕容冲,竟然杀了慕容泓,立慕容冲为皇太弟。

姚苌也把儿子姚崇送去慕容冲的军营当人质,并请慕容冲前往长安牵制苻坚,自己则带着七万兵马进攻秦军。重新振作起来的姚

苌大军击败秦军,大胜而归。

秦王苻坚很是沮丧,又接到来自长安的警报,说慕容冲逼近长安。于是苻坚决定先撇下姚苌,掉头回长安,重新调集五万大军前去抵御慕容冲。

慕容冲的军队一路势如破竹,在郑西与秦军交战时,取得大胜。后来苻坚又派人与慕容冲在坝上展开大战,秦军几位大将相继战死,慕容冲占据了阿房城。

当时长安有歌谣传唱:"凤凰凤凰到阿房。"苻坚还以为真的会有凤凰到阿房城栖居,就专门在城内种植了数十万株梧桐树和翠竹等待凤凰到来。哪知来的是人中凤凰慕容冲,不是鸟中凤凰。

前秦已经被慕容氏和姚苌等人闹得天翻地覆了,东晋也趁机收复彭城、鄄(juàn)城等地,后命谢安为大都督,让他统辖十五州军事。东晋大军乘胜进击,一路收复了青州、豫州,又北攻冀州。

37. 苻坚伐后秦失败

冀州牧苻丕在黎阳的驻军被晋军攻破,面对燕军和晋军的双重进攻,苻丕愁上加愁,无奈之下派参军焦逵向晋求和,宁愿割让邺城,换取粮道畅通。可焦奎却与司马杨膺商议后,私自将求和信改为降书,送去晋军大营。

谢玄去信征求谢安的意见,谢安让他收下邺城,自己则奏请带兵镇守广陵。

慕容垂屯兵在新城,接连收降秦将数人,进入中山城。慕容农又与慕容麟合兵,一起攻打翟真。翟真被围攻后逃跑了,他手下的士兵见状也争着逃命。翟真逃到行唐被部下刺死,其他人便推举翟真的堂弟翟成为主帅,就此苟延残喘罢了。

慕容垂听说苻丕向东晋求援,并把邺城送给了晋朝,不由得勃然大怒,立刻带兵再次围攻邺城。苻丕不肯投降,一直坚守。

几天过后,慕容垂收到慕容冲的来信,得知故主慕容暐和在秦国的慕容一族都被杀害,只有自己的幼子慕容柔和孙子慕容盛逃到慕容冲那里。慕容冲说自己奉慕容暐的遗命已经在阿房城称帝。

慕容垂看完信,不禁悲叹,并对部下说慕容冲已经称帝,自己不应该再称尊。

原来慕容暐在长安也想逃往关东,奈何找不到机会。后来他与慕容绍的兄长慕容肃谋划暗杀苻坚,却因走漏了风声被抓。苻坚心寒至极,处死了慕容暐、慕容肃以及城内所有的鲜卑人。得知慕容暐的死讯,慕容冲就在阿房称帝,改年为更始元年(385年),史称西燕。

 **38. 苻坚殒命**

慕容冲称帝以后，带领数万大军逼近长安。

苻坚登城俯视，看见慕容冲在马上耀武扬威，大声喊道："你们这些奴才只配去放羊，何苦来这里送死！"

慕容冲回答道："正是因为不想当奴才，所以要取代你的位置！"

苻坚又派使者传话给慕容冲："朕对你是何等恩待，你为什么要叛变呢？"

慕容冲不为所动，让使者回去报告，称自己现在志在天下，如果苻坚能够自行了断，就会善待苻氏一族。

苻坚气得双目圆睁，后悔当初没有听从阳平公王猛的话，放任慕容族人壮大。他随即出兵讨伐慕容冲。双方攻伐互有胜负，一直相持了二十多天。后来苻坚在进攻白渠时，中了埋伏，幸得手下拼死一战才得以突围。

到了晚上，慕容冲派尚书令高盖率大军偷袭长安，却被秦将窦冲等人打败退回。秦王苻坚又亲自带兵与慕容冲交战，获得大胜，直冲到阿房城下。诸将请求乘胜攻入，但苻坚想起前次大败，担心城中有埋伏，竟下令鸣金收兵，退回长安。

后秦王姚苌听说慕容冲入关，与部下商议己方的进退对策。

38. 苻坚殒命

部下都劝姚苌夺取长安作为发展基地。但姚苌笑着说:"燕国人一心收复故土所以起兵造反,他们得胜以后绝不愿久留关中。我们目前应该囤积粮草,积蓄力量,然后坐等秦亡燕去,再率军入关。正所谓鹬蚌相争,渔翁得利啊!"

于是姚苌留长子姚兴驻守北地,自己亲自率军攻打新平。新平人见姚苌前来攻打,全都下决心死守。两军来回交战数次,后秦损兵数万。

后来,姚苌诱骗新平太守苟辅率领百姓出城,等他们出来后立即发兵围攻。结果一万五千名士兵、百姓全被坑杀,姚苌占领了新平。

邺城被慕容垂围困已久,晋朝终于派刘牢之前来救援。慕容垂带领将士迎战,却抵挡不住刘牢之大军的锐气,纷纷后退,慕容垂不得已率军向北逃去。

刘牢之和苻丕各派人马追击慕容垂。慕容垂暗设埋伏,分兵两路夹攻刘牢之。刘牢之侥幸逃脱,但是部下伤亡惨重。正好苻丕带兵赶来,才击退燕兵。

苻丕和刘牢之一同回到邺城,此时邺城正在闹饥荒,苻丕前往枋头领受晋军的粮食补给,让刘牢之镇守邺城。谢玄因刘牢之战败,命他返回驻地。苻丕回到邺城后仍不愿臣服于晋。

慕容垂此时也因缺乏军粮,退守中山,暂时休养生息。

当初慕容冲败回阿房后,又收拢残兵四处掠夺。秦将苻晖与慕容冲交战数次,屡次失败。苻坚指责他说:"你是我的儿子,拥有数万士兵,却连一个小奴才都打不过!"苻晖听后羞愤不已,竟然自杀了。

秦军又派勇将杨定带兵抵御慕容冲。杨定率领两千五百名精骑与慕容冲交锋,慕容冲大败,杨定俘虏了一万多人,回都城报喜。

接着杨定又大破慕容永。

慕容永告诫慕容冲杨定不好对付,只能智取。于是慕容冲决定养精蓄锐,准备好了再战。后来听说长安城有群鸟悲鸣,关中术士都说长安城要灭了,慕容冲又带兵攻长安。

这次秦王苻坚亲自督战,却被乱箭射中,受伤满身流血,不得已退回城中。

慕容冲放任手下在关中地区劫掠,百姓们四处流亡。流散的豪民派代表请求苻坚出兵攻打慕容冲,自己愿在城中放火作为内应。

苻坚不愿看到百姓们冒险,没有答应。偏偏百姓们再三请求,苻坚便派出八百骑士前去攻打慕容冲,百姓们随即放火。无奈风势不顺,突袭的骑兵和放火的百姓反被逆风刮起的大火烧死,幸存者寥寥无几。

苻坚听闻消息更加悲伤,派人去安抚各郡县士兵和百姓,众人都感激涕零,发誓效忠前秦。当时长安流传"帝出五将久长",苻坚便让太子苻宏留守长安,自己带着幼子苻诜、幼女宝锦前往五将山。

打定主意后,苻坚先派杨定出城截住慕容冲。苻坚刚准备启程,就有人来报大将军杨定被擒。苻坚大惊失色,只得匆匆出城去了。

听闻杨定被擒,长安城也陷入一片惶恐之中,太子苻宏见抵御不住燕兵的猛烈进攻,就带着自己的妻儿母亲等人逃往下辨。朝中百官也都四处逃散,权翼等人则投奔后秦。

慕容冲一举攻克长安,纵兵大掠,城中死伤不计其数。

后秦主姚苌探得苻坚出逃,随即派吴忠领兵围攻五将山。秦兵因为害怕四处逃散,苻坚身边只剩下十多人跟随,但他依旧淡定自若,从容下箸吃饭。

不久,吴忠擒获苻坚,将他押往新平。姚苌没有见苻坚,只

38. 苻坚殒命

派人向他索要传国玉玺。苻坚瞋目怒骂道："你们竟敢逼迫天子，实在没有天理！玉玺已经送往晋国，你们休想得到！"

姚苌心有不甘，又派人劝苻坚让位。苻坚说："禅让是让给圣贤之人，姚苌这叛贼，怎么配登上帝位！"说完还大骂姚苌忘恩负义。姚苌听说后，派人逼苻坚自尽。

苻坚临死前，对宠妃张夫人说："千万不能让姚苌玷污了我的女儿。"于是先杀了女儿再自尽。张夫人和幼子也接连自刎而亡。

后秦将士看到如此场景也为之哀伤。姚苌不想留下骂名，就对外宣传苻坚父子是自尽而死的，并追谥苻坚为庄烈天王。

前秦太子苻宏逃到下辨想投靠姐夫南秦州刺史杨璧，但是杨璧为了自保，直接拒绝了苻宏。苻宏的姐姐恨丈夫薄情，就跟着弟弟一起走了。姐弟二人便南下投靠晋廷，晋廷授予苻宏辅国将军的职位。

此时长乐公苻丕镇守邺城，手下还有三万多的部众。王猛的儿子王永任幽州刺史，他和平州刺史苻冲派使者迎接苻丕，并告诉他长安失守和故主身亡的事情。

苻丕即日继位，号称世祖，改建元二十一年（385年）为太安元年，立苻宁为太子，杨氏为皇后，命张蚝为侍中司空，王永为侍中，其他官员也各有封赏。

# 39. 慕容氏血腥夺权

苻丕继位以后就张罗着讨伐慕容氏和姚苌一事。但是以苻氏目前的实力来说，匡复宗室着实不易。

秦将吕光自从平定西域之后，听说关中大乱就留在龟兹避难。后来听从了高僧鸠摩罗什的建议，准备带着各种珍奇的珠宝和骏马回到陇右。

当吕光一行到达玉门的时候，却被前秦的凉州刺史梁熙阻挡，他责备吕光擅自还师，还派了五万人马攻打吕光的军队。两军交战两次，梁熙的军队都吃了败仗。吕光杀死了梁熙父子，自任凉州刺史。

后来，吕光收到长安传来的消息，才知道秦王苻坚被姚苌所害，于是自称大都督、大将军。接着大赦境内，改年号为太安元年（386年），史称后凉。

与此同时，乞伏国仁也在勇士川筑城为都，自称大都督、大将军、大单于，改年号为建义，史称西秦。

苻纂是苻丕的宗亲，他来投奔苻丕后被封为东海王，两人常常一起谋划恢复前秦大业。哪知还没有发兵，邺城已经被燕将慕容和占据了。

苻氏的第一忠臣博陵守将王兖也被燕王慕容麟围困。王兖的部下张猗是一个十足的小人，他直接出城投降，还主动为慕容麟招募

义兵。过了几天,城池被攻破,王兖被杀。

慕容垂在中山收到慕容麟的捷报,十分高兴。不久,慕容垂定都中山,自称燕帝,立世子慕容宝为太子,慕容农为辽西王,慕容麟为赵王,其他王室大臣也都各有封赏。

占据长安的西燕皇帝慕容冲渐渐变得荒淫起来,加上他赏罚不均,号令不明,引起了身边很多人的不满。

慕容冲派遣尚书令高盖去讨伐后秦。两军交战,高盖的军队大败,将士死伤大半。高盖害怕回去获罪就投奔了姚苌。

消息传到长安,慕容冲像是失去了臂膀一样。他委任左右仆射慕容恒和慕容永处理政事,却又常常猜忌他们,更加导致了群臣对他的疏远。

将军韩延借机和段随商议起兵造反,准备趁夜起事。到了黄昏,两人秘密召集士兵攻入皇宫。此时慕容冲正在饮酒,突然看见乱兵

39. 慕容氏血腥夺权

闯入，连忙起身斥责。他一句话还没有说完，刀就架在脖子上了，立即倒地而亡。一旁的侍从们害怕得四散逃开。

韩延率兵登上大殿，召集文武百官，大声宣布道："慕容冲饮酒作乐，荒淫无度，不配当帝王。现在立段随将军为燕主，愿诸公齐心辅佐，不得违抗！"

文武百官全都惊讶不已，不知所措。韩延又环顾四周，严厉地说道："有谁不服新主，立即处斩！"众人一听这话，只得勉强恭贺，拥立段随。段随便登上帝位，改年号为昌平。

慕容永和慕容恒是慕容冲的同族，怎么肯容忍外人称王。两人密谋杀害了段随、韩延等人，立慕容𫖮为帝。

不久慕容𫖮带着四十万鲜卑人离开长安东归，谁知路上被慕容韬杀害，慕容瑶被立为帝。后慕容瑶死在乱军之中，慕容忠继位。

东归大军抵达闻喜时，才知道慕容垂已经称帝，于是在闻喜建造燕熙城落脚。安稳日子没过几天，慕容忠又被武卫将军刁云杀死，众人推举慕容永为主。慕容永便自称大将军、大单于。他一面派使者到中山向慕容垂称藩，一面派使者到晋阳向秦主苻丕借道。

当时苻丕命将军王腾驻守晋阳，右仆射杨辅戍守壶关，自己则率军进屯平阳。苻丕收到慕容永借道的消息，自然不同意，并下令将士捉拿反贼，为国报仇！

苻丕诏令一出，各路人马出击，本以为能旗开得胜，哪知道接连传来兵败的消息。左丞相王永阵亡，东海王苻纂也兵败逃走，苻丕急得失声大呼，连喊不好。

原来苻丕之前担心苻纂作乱，解散了他的士兵，现在又担心苻纂报复，急忙率领数千骑兵逃往东垣。半道上，苻丕还想偷袭洛阳，可洛阳当时已经归东晋管辖，东晋杨威将军冯该果断出击，一战便击败苻丕的军队，杀死苻丕。

随后,冯该将苻丕的首级和秦太子苻宁、长乐王苻寿等人一起送到建康。晋廷不仅埋葬了苻丕,还赦免了太子苻宁等人,并将他们送往江州苻宏那里。

逃跑的苻纂和弟弟苻师奴召集剩余的部众,占据了杏城。

慕容永攻入长子,迅速登基称帝。他见苻丕的皇后杨氏生得美貌就想召她侍寝,但是杨氏果断拒绝了。后来慕容永以死胁迫,杨氏假装顺从,实则想趁机刺杀他。无奈杨氏刺杀不成,反被慕容永一刀毙命。

慕容盛叔侄见慕容永行事荒唐,担心祸及自身,就悄悄逃到了中山。慕容永听说后勃然大怒,竟然将慕容俊的子孙全部杀死。

后秦主姚苌探得慕容永出关,立即从新平进入长安,即位称帝,国号大秦,并立姚兴为太子。

此时,前秦南安王苻登率军攻打秦州,姚苌听说后立即带兵去救援。这一战苻登大胜,姚苌一方死伤两万多人。姚苌在逃跑途中还中了一箭,样子十分狼狈。

正值尚书寇遗带着苻丕的两个儿子苻懿和苻昶前来投奔,苻登打算立苻懿为嗣主,却被部下劝阻。众人齐声推举苻登继位秦帝,随后召集人马准备讨伐后秦。

苻登命苻纂等人一起进攻后秦,后秦军队大败而归。苻师奴劝苻纂背叛苻登,苻纂不肯听从,后被苻师奴杀害。

后来姚苌移兵占据武都,与苻登打了大小数十战,姚苌多败少胜,只得退到安定城扎营驻守。

苻登得胜后逼攻安定。哪知姚苌偷袭了大界营,苻登的皇后毛氏及儿子苻弁、苻尚被俘。姚苌见毛氏亭亭玉立,便心生歹念,可毛氏宁死不屈,被姚苌杀害。苻弁、苻尚也被杀。

 晋 | **40. 拓跋珪崭露头角**

苻登听说妻儿被姚苌杀害,又悲又悔,最终在部下的劝慰下退回胡空堡,收集残众,暂时休养生息,两秦就此休战半年。

当时,中华大地上除了司马氏以外,还有秦、后秦、西秦、燕、西燕、后凉六国。此外又有一魏国兴起,在北方称雄,建国者就是代王拓跋什翼犍的孙子拓跋珪。

当初拓跋珪与母亲贺氏投奔刘库仁以后,过了一段风平浪静的生活。不久刘库仁被燕将慕舆文杀害,刘库仁的弟弟刘头眷代他统领部众。刘头眷接连攻破贺讷、柔然,一时间势力大增。偏偏刘库仁的儿子刘显刺杀了刘头眷,自立为主,并想杀害拓跋珪。

拓跋珪得知了刘显的阴谋,便和母亲设下一计,成功逃脱。拓跋珪奔往贺兰部,投奔舅舅贺纳。贺纳高兴地接纳了他,称赞拓跋珪智慧过人,必能重振家国。但贺纳的弟弟贺染干十分嫉妒拓跋珪。

拓跋珪很快得到贺兰部众人的信任,登上王位,自称代王,随后迁都到盛乐。不久,拓跋珪改代为魏,自称魏王,史称北魏。

拓跋珪复国以后,他的叔父拓跋窟咄为了与他争位,和刘显勾结。拓跋珪的部下于桓甚至想抓住他投奔拓跋窟咄,幸好有人告密,拓跋珪才逃过一劫。

由于担心内乱难平,拓跋珪派人向后燕的慕容垂求助。燕主慕

容垂派慕容麟前去援助。

在慕容麟到达之前，魏国北部受到拓跋窟咄和贺染干的联合进攻，慕容麟的到来对拓跋珪来说就像是救星一般。

拓跋珪和慕容麟会师以后，大败拓跋窟咄。拓跋窟咄的部下全都投降，拓跋窟咄则出奔刘卫辰，反被杀害。

刘卫辰久居河西，实力雄厚，不少人都想拉拢他，后秦主姚苌封他为河西王、幽州牧，西燕主慕容永又任命他为朔州牧。

有一回，刘卫辰派使者到燕国进献名马，半路上刘显的部众杀出来，将名马夺走了。使者逃到燕都，向燕主哭诉。慕容垂大怒，认为刘显太过张狂，于是发兵攻打。拓跋珪也想除掉刘显，再次向慕容垂借兵。慕容垂当然十分乐意了，立即派军前去相助。

两军联合，向刘显发起进攻，刘显大败，逃往西燕，散落的车马辎重都被燕、魏两军抢走。

40. 拓跋珪崭露头角

此后北魏接连收服库莫奚、高车等部落,实力迅速壮大起来,称霸北方,开始动了攻打燕国的心思。拓跋珪先是派了一名使者去燕国打探虚实,使者回来禀告燕主年迈,等他一死就是攻打燕国的最佳时机。拓跋珪连连点头,表面上仍与燕国和平相处。

两年后,刘卫辰对贺兰部发起攻击。贺纳向魏国求援,拓跋珪派兵成功击退了刘卫辰儿子直力鞮的军队。

不久,贺兰部发生内乱,拓跋跬正好想吞并贺兰部,于是想出一条借刀杀人的计策。他请燕国讨伐贺纳兄弟,并表示己方愿意充当向导。慕容垂于是派慕容麟前去攻打贺纳,不久,贺纳兵败投降。

慕容麟觉察出拓跋珪不甘屈于人后,再三提醒慕容垂小心提防。拓跋珪派弟弟拓跋觚前去朝贡,与燕国修好。后燕将拓跋觚扣留,以向北魏求取名马,但遭到拓跋珪拒绝,此后两国关系恶化。

这一时期,晋朝重臣谢安患病去世,琅琊王司马道子就任扬州刺史,任尚书事,负责管理全国军事,并任命谢玄统领徐、兖、青、司、冀、幽、并七州军事。

此时东晋泰山太守张愿叛乱,北方再次陷入混战。不久一代名将谢玄也病逝了,年仅四十六岁。

东晋派豫州刺史朱序戍守洛阳,让谯王司马恬镇守淮阴。慕容永进攻洛阳的时候,朱序领兵击退了他。忽然又传来急报,说丁零人翟辽正在谋划攻打洛阳。朱序又击败了翟辽。

翟辽逃跑后趁机占领黎阳,后投降燕国。几个月后,他背叛燕国,自称魏天王,改年号为建光元年(388年),据守滑台。

不久后,翟辽向慕容温诈降,然后伺机将他杀死。翟辽又再次攻打洛阳,还是被朱序击败,没多久就病死了,他的儿子翟钊继位。

翟钊攻邺城未果后又转攻燕国的馆陶,慕容垂大怒,亲自带兵讨伐。翟钊战败,妻儿都被燕军俘虏,翟钊逃跑后被慕容永收留。

注:图中"慕容垂计灭丁零"应为"慕容垂讨灭丁零"。

但翟钊又心生叛意,最终被慕容永所杀,翟氏一门从此绝后。

前秦和后秦休战没多久,纷争再起,双方之间的数次战争大多以姚苌获胜告终。没过多久,姚苌突然生了重病,临死之前他把政事交给了太子姚兴。

姚苌去世后,姚兴秘不发丧,然后自称大将军,严防苻登。

苻登探得姚苌死讯,高兴地说:"姚兴小儿,怎么敌得过我!"然后带兵攻打姚兴。但后秦将士奋勇杀敌,前秦大败,苻登落荒而逃。姚兴这才安心为父发丧,随后登基称帝。

苻登逃跑后屯驻在马毛山,姚兴得知后又率兵来攻打,苻登战败被杀。苻登的儿子苻崇听闻父亲的死讯,草草继位,不久却被乞伏乾归杀害。苻崇死后,前秦灭亡,享国四十四年。乞伏乾归占据陇西、巴蜀等地,自称大将军、大单于。

 41. 慕容垂灭西燕

燕主慕容垂灭掉丁零后就回到了中山,他听说翟钊逃到西燕,便找了借口攻打慕容永。手下的将领都劝谏道:"慕容永没有挑衅我军,不要出兵攻打他。近年来战事连连,将士们已经疲乏了,百姓也流离失所,现在最好是休养生息,然后伺机而动。"

慕容垂说:"虽然我现在年岁大了,但还是有底气战胜慕容永的。我要除去此贼,不能留下祸患连累子孙!"

随后,慕容垂调集七万士兵攻打西燕,慕容永则派兵分道防御。一个多月过去了,慕容垂的军队在中途逗留,迟迟没有进军,这让慕容永感到莫名其妙。他担心慕容垂声东击西,从背后袭击,于是调遣军队扼守太行,严守轵关。

想不到这正好中了慕容垂的计谋。慕容垂见慕容永调开军队,立即进攻滏口,直抵台璧,西燕军队来不及防备,纷纷落败。慕容垂派兵把台璧围得像铁桶一样严严实实。

慕容永得知后,亲自率领五万精兵救援台璧。他在河曲驻扎下来,派人给慕容垂送去战书。慕容垂痛快迎战,并在台璧南面摆开阵势。

第二天两军交战,慕容垂亲自上阵。不一会儿,慕容垂竟然拍马往回跑去,他手下的士兵也都假装被打败,四散逃开。慕容永不

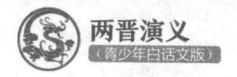

管不顾，带着军队向前追击。

不料追到半路，慕容楷和慕容农两军突然杀出，慕容垂也转身回来，痛击慕容永。

慕容永被三面围攻，哪里抵抗得住，只能骑马往回逃，追兵转眼变逃兵，狼狈至极。随后，慕容国又杀出，挡住慕容永的退路。慕容永进退两难，全军大乱，无数士兵战死。

只是慕容永命不该绝，侥幸逃脱回了长子城。晋阳各地的守军听闻慕容永战败，全都弃城逃跑了，慕容钟更是直接向慕容垂投降。

慕容永想投奔后秦，他的手下劝说道："慕容垂如今七十岁了，难道能连年在此征战不回去吗？我们现在应该坚守不战，等他粮食耗尽，自然就走了！"慕容永觉得有道理就留了下来。

慕容垂带兵把长子城团团围住。两军相持了四十五天，慕容永快守不住了，他派出使者向北魏和东晋求援。

北魏和晋廷的援军还没到，慕容永的后院就起火了，大豆逸归和部将窦韬竟然打开城门放后燕大军进入。慕容永只好带着家眷往北门逃去。但慕容垂的士兵早已围住各个出口，慕容永等人全部被擒获。慕容垂斥责慕容永滥杀宗族，罪无可恕，将慕容永和他的妻儿、党羽全部诛杀。至此西燕灭亡，立国十一年。

慕容垂灭了西燕之后，得到了慕容永的地盘，后燕的统治至此达到顶峰。

北魏的拓跋珪坐不住了，公开向后燕开战，入侵后燕北方边境之地。慕容垂本打算亲自出征，但奈何年老体衰，力不能及。于是他派太子慕容宝、辽西王慕容农和赵王慕容麟率兵八万从五原出发，讨伐北魏，另派慕容绍带一万八千兵作为后应。

这时，散骑常侍高湖进谏道："拓跋珪善用计谋，又饱尝艰辛冷暖，士兵们气势正盛，太子年少气盛，必定会轻敌，万一失败必

41. 慕容垂灭西燕

将有损国威，陛下要慎重啊！"慕容垂非但不听，还罢免了高湖，并命令大军继续前进。

拓跋珪刚打了一场大胜仗，斩杀了刘卫辰父子及其党羽，只有刘卫辰的小儿子刘勃勃逃脱。这一战拓跋珪掠得良马三十余万匹，牛羊四百余万头，实力大增。

面对后燕大军逼近，拓跋珪也没有十足的信心，长史张衮对拓跋珪说："燕国灭了丁零后，又灭了慕容永，肯定骄傲轻敌，我们不如假装示弱，趁他们毫无防备的时候再发兵，定能取胜！"拓跋珪采纳了张衮的提议，率部落向北迁徙了千余里。

燕军来到五原开始造船准备渡河，拓跋珪积极发兵防御，并派人向后秦借兵。

慕容宝让士兵登船，准备发起进攻。不料刮起一阵狂风，后燕的十几艘战船竟被吹到了对岸，北魏直接俘获船上的三百多名后燕

士兵。拓跋珪对被俘获的将士说道:"燕主已经死了,你们的太子为什么不回去呢?"说完将他们放回去了。

燕兵回去将拓跋珪的话转告给了慕容宝。慕容宝听了心中不免有所疑惑,因为他之前派往中山的使者迟迟不见回来。原来,那些使者都被拓跋珪派人暗地里截住了。慕容宝不知消息真假,陷入两难。

后燕的士兵一时军心难定,不敢渡河。这时候,拓跋珪一面派兵驻守河东,一面派兵驻守河北,又派兵堵住燕军的后路,后燕已经被完全包围了。后秦也派兵来支援魏国,魏国的气势更盛了。

赵王慕容麟的部下慕舆皓以为慕容垂真的死了,于是密谋作乱,想推慕容麟为主,后来事情败露,参与的将领被杀。慕容宝因此对慕容麟心生猜忌,他认为长久停驻在此不是良策,就连夜烧毁战船,准备退军。

当时北风呼啸,河水结冰,魏王带着两万精兵顺利过河,追击慕容宝。慕容宝还以为魏军必定无法追上来,就在参合陂安营扎寨,全军毫无防备。

魏军则日夜追赶,到了参合陂西部,燕军都没有察觉。第二天天亮,慕容宝的军队准备启程,但是魏兵不知何时已从四面八方围攻而来。燕军被魏兵的气势吓到,纷纷逃命去了,慌乱之中有的被踩死,有的溺死,有的被魏兵杀死,死伤达一万多人。

魏将拓跋遵又拦住燕军的去路,四五万燕军只得丢盔弃甲,向北魏投降,唯独慕容宝在将士的掩护下逃脱。

 晋 | **42. 司马道子专权**

慕容宝败逃以后，他的部众都被魏军俘虏，军粮和兵器也被一股脑儿夺走。魏王拓跋珪想在燕军中挑选一些有才干的人加以任用，余下的人则送还后燕。中部大人王建站出来阻拦道："燕国屡次侵犯我们，今日取夺胜利，俘获这么多人，应该将他们全部杀死，以免留下祸患。"其他将领也表示赞同。

拓跋珪听从王建的话，将一万多俘虏全部坑杀，然后回盛乐去了。

太子慕容宝独自逃回，心中觉得惭愧，于是请求再次攻打魏国。范阳王慕容德也向慕容垂提议，应该再次发兵征讨魏国，挫挫对方的锐气。

慕容垂开始部署军事，决定来年春天大举进攻魏国。太史令进谏说："这次发兵太过急躁，躁兵必败啊！"慕容垂没有听从，依然准备出兵。他先派人突袭了北魏的平城，守将拓跋虔战死。燕军来到参合陂，慕容垂不由得悲愤交加，一时呕吐鲜血，差点晕倒。

慕容宝本来已经奔赴云中，得知慕容垂的病情后又率军返回。慕容垂在平城西北驻扎了十多天，病情日益加重，他命人修筑燕昌城防备魏国，然后返回上谷，却在途中去世。太子慕容宝继位称帝。

话说晋孝武帝亲政以后，还算是一个尽心国事、重用贤臣的君

主。但后来他宠幸张贵人,频频流连后宫,接连几天不理政务,把军国大事交给弟弟司马道子处理。

司马道子在朝中的权势一天比一天大,他沉湎酒色,宠信小人,阿谀奉承的王国宝尤其受到他的信任,被升迁侍中。此后,王国宝小人得志,常常作威作福。

时间一久,孝武帝也对司马道子产生了猜忌之心。中书侍郎范宁刚正不阿,奏请孝武帝罢免王国宝,但王国宝仗着有司马道子做靠山反而诬陷范宁,范宁只好请求外调以躲避灾祸。

司马道子越来越放肆了,居然受贿买卖官职,又花费亿万钱建筑府邸,还沿河开办酒馆,供宫中人饮酒作乐。孝文帝轻言劝告司马道子,但他仍然我行我素。他仗着李太妃的喜爱,出入宫廷旁若无人,经常因为醉酒而谩骂他人,有失礼仪。

孝武帝越想越觉得不悦,便任命中书令王恭、黄门郎殷仲堪外

42. 司马道子专权

出督领藩镇,来牵制司马道子。司马道子很快就明白了孝武帝的心思,他任用王国宝和王绪充当自己的爪牙。两人常常暗中较劲,因为有李太妃在中间调解,他们才勉强维持君臣关系。

王国宝因弟弟王忱去世,向朝廷请奏解职回家奔丧,朝廷特批给他假期。偏偏王国宝又后悔了,一直徘徊没有出发,后来被人弹劾。王国宝担心获罪,就男扮女装来到司马道子家里求助。

司马道子设法替王国宝解除了危机。王国宝复官之后变得更加骄纵,他又凭借一张巧嘴把孝武帝哄得十分开心,还贿赂张贵人,一跃成了孝武帝身边的红人,慢慢地和司马道子的关系疏远了许多。

司马道子一肚子火,在宫里遇见王国宝直接破口大骂,拔剑相向,王国宝吓得拔腿就跑,后经过属下劝解,司马道子才停手。

此后,孝武帝却把王国宝视为忠臣,对他更信任了,甚至打算让皇子琅琊王司马德文娶王国宝的女儿。

一天晚上,孝武帝与张贵人一同饮酒,张贵人因为受了嫔妃的闲言碎语,心中有些不高兴。孝武帝连连劝酒,张贵人本来就酒量小,连着喝了两杯实在喝不下了。但孝武帝仍旧不依不饶,非得逼着张贵人喝酒。

张贵人有些赌气地说:"臣妾偏偏不饮,看陛下如何罚臣妾?"

孝武帝也起身开玩笑说:"你也不必嘴硬,如今你都年近三十了,也到了废黜你的时候,宫中比你年轻貌美的佳丽多的是,朕又不是离了你不能活!"

说完这话的孝武帝突然感到头晕目眩,想要呕吐,结果一时没忍住,竟对着张贵人吐了过去,可怜那张贵人被吐得满身肮脏不堪。

张贵人回到寝宫,想着今日孝武帝的话,一时恼怒不已,竟然生出一个可怕的念头。趁孝武帝熟睡之后,张贵人派心腹侍女用被子蒙住孝武帝的头,活活将他闷死了。

事后，张贵人对外宣称孝武帝是在睡梦中暴毙而亡。太子本就是个糊涂虫，自然无法查明真相。司马道子更巴不得孝武帝早日归天，哪里会去追究。张贵人就这样蒙混过关了。

随后，太子司马德宗继位，史称晋安帝。司马道子升任太傅，仍掌握朝政大权，朝中大臣都跑来巴结司马道子。最奇怪的是王国宝，他不知用了什么方法，竟然重新获得了司马道子的欢心，还被封为领军将军。

平北将军王恭回朝奔丧，曾经劝谏司马道子："主上刚刚登基，宰相责任重大啊！愿宰相远离奸诈的小人，安定朝野，这样才不愧为良相呢！"说完还狠狠瞪了王国宝。王国宝不敢抬头，司马道子愤愤不平但也不好发作，只好敷衍地送王恭出朝。

第二年元旦，安帝改年号为隆安元年（397年）。司马道子升任王国宝为左仆射。

42. 司马道子专权

王国宝当了左仆射，手握大权，但他一直忌惮王恭和殷仲堪，曾向司马道子建议夺了这两人的兵权。司马道子没有听从，但这事已经传遍朝野。王恭决定联合殷仲堪一起讨伐王国宝，殷仲堪同意了，王恭派人把讨伐檄文呈给了朝廷。

司马道子想要息事宁人就把责任推到了王国宝身上，最终赐死了王国宝。王恭和殷仲堪也都退了兵。司马道子任命儿子司马显为征虏将军，防备王、殷两人。

 晋 | **43. 后燕内乱**

凉州牧吕光独立以后,占据河西,后来又发兵夺取了不少地方。攻下枹罕后,吕光自号天王,定国号大凉,改年号为龙飞,立世子吕绍为太子。历史上把吕光建立的政权称为后凉。

西秦王乞伏乾归一度臣服于吕光,不久后又背叛。吕光气愤不已,下令亲征西秦,派弟弟天水公吕延做先锋,向西杀入西秦。

可惜吕延有勇无谋,中了乞伏乾归的计谋,被乱箭射死。吕光损失了弟弟这个得力干将,不禁垂头丧气起来,下令全军撤退,自己也匆忙返回姑臧。

经此一战,吕光声威大减,部将离心,又生出南、北二凉来。

南凉由秃发乌孤所建,秃发乌孤的兄长奚干被吕光杀害了,他一直想着为兄长报仇。后来吕光见秃发乌孤势力渐渐强大想拉拢他,封给他官职。

面对仇人的邀请,秃发乌孤假意接受。等吕光派来的使者一走,他立即发兵,连破两个部落,然后修筑廉川堡,作为都城。吕光又派人前来册封秃发乌孤,这次秃发乌孤拒绝了。他自称大都督、大将军、大单于、西平王,又派兵攻取了后凉的金城和凉乐都、湟河、浇河三郡。史学家因为他占据的地盘在凉州南面,所以称其为南凉。

南凉建立,北凉也趁机而起。当初吕光战败后,把罪名推卸到部下沮渠罗仇和沮渠麹粥两兄弟的身上，二人无辜被杀。

各部落大多与沮渠氏联姻，前来参加葬礼的人数多达上万。沮渠罗仇和沮渠麹粥的侄子沮渠蒙逊向众人哭诉道："吕光昏庸无道，滥杀无辜，今日我愿与各部联合，为我伯父报仇雪恨，不知诸公可否助我一臂之力？"众人听了连声称好。随即沮渠蒙逊联合众人起兵进攻吕光，但不敌吕光的大军，逃入山中。

蒙逊的堂兄沮渠男成听闻蒙逊起兵，迅速响应，攻打建康城（与东晋都城建康异地同名）。沮渠男成派遣使者劝建康太守段业投降，段业没有答应。双方相持了一段时间，段业见援兵迟迟未到，禁不住部下的劝说下向沮渠男成投降。沮渠男成推举段业为大都督、龙骧大将军、凉州牧、建康公，北凉政权就此建立。

南、北二凉都是从后凉分离出来的，后凉的吕氏一族从此衰败了。

话分两头,后燕慕容宝嗣位之后,杀掉了太后段氏,因而大失人心。

慕容宝有三个儿子,慕容盛、慕容会和慕容策。慕容会一直深受慕容垂的喜爱,慕容垂临死之前还嘱咐慕容宝立慕容会为接班人。但慕容宝更喜爱小儿子慕容策,不肯立慕容会为太子。

慕容盛见自己当不了太子,也不希望慕容会被册立,就顺水推舟,请立弟弟慕容策。赵王慕容麟怀着私心也表示赞同,于是慕容宝立慕容策为太子。

自从慕容垂死后,拓跋珪认为燕国没有他的对手了,立即率四十万大军大举进攻燕国。魏军一步步逼近晋阳,慕容农率军出城抵挡,结果大败逃回。晋阳守将慕舆嵩却起了坏心思,他把慕容农的妻儿赶出城外,紧闭城门。

慕容农在城外遇见妻儿,气得脸都青了,无奈之下,只好带着妻儿和残兵向东逃亡。结果被追兵杀散,只有慕容农和三个士兵拼死逃回中山。

慕容宝召集群臣商议对策,决定严防死守打持久战,等魏军粮尽力竭再出击。

魏军一路攻克并州、常山以东各郡县,后燕仅存中山、邺城及信都未被攻下。拓跋珪兵分三路进攻,但这三座城池很久都没有攻克。

双方交战数次,死伤大半。眼看燕都被围困已久,高阳王慕容隆建议与魏军决一死战,慕容宝同意了。偏偏慕容麟多方阻挠,慕容隆孤掌难鸣,无法顺利整兵出发。

慕容宝急得没办法,只好派使者向拓跋珪求和,表示愿意送还魏主的弟弟拓跋觚,并割让常山以西的土地给北魏。

拓跋珪同意了,带兵退到卢奴。哪知慕容宝突然反悔,不肯履

43. 后燕内乱

行承诺。拓跋珪又再次进攻中山。

国难当头，慕容麟却趁乱谋反，他逼迫左卫将军慕容精刺杀慕容宝，但慕容精不肯答应，最后被慕容麟杀死。慕容麟见事情败露，带着妻儿逃到西山去了。慕容宝得知此事以后，担心慕容麟会偷袭慕容会，占据龙城，于是打算放弃中山城，保卫龙城。

后来，慕容宝、太子和朝中大臣纷纷出城，燕都一夜之间无主，东门大开，百姓惊慌不已。

拓跋珪听说后，正准备带兵入城，但其部下劝他天明再去。等第二天早上一看，城门已经关闭，拓跋珪肠子都悔青了，他连日猛攻依然攻克不了，原来开封公慕容详没有出城，在此死守，中山城暂时得以保全。

逃出中山的慕容宝在路上遇到了慕容麟，大战之后，慕容麟趁机逃脱了。

慕容会听说慕容宝到达蓟城，于是进城与父亲相见。但慕容会与父亲谈话间言语讽刺，脸上也带着些许恨意，慕容宝于是对儿子起了防备之心，一声令下夺了慕容会的兵权。

魏军这时追击上了慕容宝，幸好慕容会和慕容隆勇猛杀敌将追兵击退。慕容会因为这次大捷，变得更加骄纵，甚至起了作乱的心思，慕容宝认为慕容会有了造反的念头也想除掉他。

一天夜晚，慕容会派人偷袭慕容农和慕容隆，慕容隆身中数刀而死，慕容农身受重伤，但抓住了侍御史仇尼归，原来他是慕容会安插在慕容宝身边的人。

后来事情败露，慕容宝派人暗杀慕容会没有成功，混乱中逃到了龙城。慕容会自称太子，并率领士兵进攻龙城。两军交战后，慕容会大败，灰溜溜地逃到了中山，被慕容详斩首。

中山城里的慕容详认为自己护城有功，竟然自称皇帝。但他称帝之后，滥施刑罚，荒淫无度，致使民怨四起。慕容麟趁机杀掉慕容详，接管了中山城。

此时，中山城却在闹饥荒，慕容麟没办法只好带着众人进据新市。拓跋珪随后带兵攻打慕容麟，魏军取得大胜，慕容麟又逃入西山，投奔邺城。

魏主拓跋珪进入中山，城内的士兵和大臣全都投降了。之后拓跋珪从中山还军，将都城迁往平城，营建宫殿、宗庙，正式登皇帝位，实行大赦，改年号为天兴（398年）。

 晋 | **44. 慕容盛复国**

慕容麟逃到邺城之后见到了范阳王慕容德,并对慕容德提议说:"魏军已经攻克了中山,下一个目标就是邺城。邺城城大难以坚守,不如奔赴滑台,才是万全之策。"

慕容德被说动,残冬过后于天兴元年(398年)正月上旬迁往滑台。到了滑台,慕容德自称燕王,任命慕容麟为司空,南燕就此建立。

当然慕容麟并不是真心归顺慕容德,他的计划是将慕容德当作傀儡,再行废黜,自立为王。哪知慕容麟的阴谋泄露,被慕容德赐死。狡猾了半辈子的慕容麟,最后不得善终。

慕容宝得知滑台情形后,派人前去册封慕容德,然后点阅兵马,还想着收复中原。慕容农和慕容盛都极力劝阻,大将慕舆腾却鼓动慕容宝出兵。慕容宝被说动了,命慕容盛留守龙城,自己与慕舆腾、慕容农率大军向南出发。

但后燕士兵都有了厌战的情绪,这时慕容隆的旧部趁机发动叛乱,拥立慕容隆的儿子慕容崇为主帅。慕容宝始料不及,仅带着十多名骑兵逃往慕容农的大营。

慕容农和慕舆腾的部下听闻变故纷纷逃散,慕容农和慕容宝孤立无援,只好奔回龙城。

慕容隆的旧部段速骨等人带着乱兵进逼龙城。后燕尚书兰汗暗中与段速骨勾结，段速骨更加有恃无恐，他们诱使慕容农出城安抚乱兵，将他拘禁起来。

第二天，段速骨下令攻城，但城内士兵拼死抵抗，段速骨损失惨重。正当城内庆祝胜利之时，段速骨押着慕容农走来，守城士兵看见慕容农被抓，瞬间士气瓦解，一哄而散。

段速骨率领乱兵冲入城中，大肆杀掠，慕容宝和慕舆腾等人慌忙向南逃走。段速骨先将慕容农幽禁在大殿内，不久将他杀害。

几天之后，兰汗又杀了段速骨及其党羽，并废了慕容崇，推立太子慕容策监国，并派人迎回慕容宝。

慕容宝见了兰汗派来的使者，即刻想动身北归，慕容盛及时阻拦，表示兰汗这人不可信，还不如投奔范阳王慕容德，共同谋取冀州。

慕容德听说慕容宝前来投奔，本打算去接驾，但是部下纷纷劝谏他应该查明情况再做定夺。这时，慕容宝听说了慕容德称帝一事，料定慕容德容不下他，于是转身北上。

慕容宝派慕容盛和慕舆腾去招兵，慕容盛因为慕舆腾残暴不仁，将他杀死。不久慕容宝听说兰汗祭祀燕宗庙，举动合乎臣子礼节，还是决定北还龙城，于是召回慕容盛一起启程。

兰汗得知消息后，派人来接应，慕容宝欣然前往，慕容盛却没有跟着一起去。兰汗当即暴露本性，杀害了慕容宝、太子慕容策及王公大臣一百多人，随后自称大都督、大单于、昌黎王、大将军。

慕容盛得知父亲、弟弟被害，不顾部下劝阻要入城奔丧。他打算假意向兰汗称降，再找机会除掉他，于是他先让妻子去求情。慕容盛的妻子兰氏是兰汗的女儿，兰汗见女儿哭成泪人儿，一时心软，赦免了慕容盛。

兰汗的弟弟加难等人一直劝兰汗杀了慕容盛，但兰汗始终不肯。

44. 慕容盛复国

慕容盛站稳脚跟之后，联合心腹发动政变杀了兰汗。

慕容盛为父亲报仇之后，大赦境内，一时没有称帝，只是自称长乐王来行使政权，文武百官各自恢复原职。

而在东晋，司马道子忌惮兖州刺史王恭和荆州刺史殷仲堪的势力，想方设法地牵制他们。他重用司马尚之和司马休之，听从他们的建议，任命王愉为江州刺史，试图在地方培植自己的势力。

这次职位调动引起了豫州刺史庾楷的不满，他上奏朝廷表示不愿意分权给王愉，朝廷驳回了庾楷的奏折。庾楷十分生气，就联合王恭、殷仲堪、桓玄一起上表请求讨伐王愉和司马尚之兄弟。面对王恭等人的起兵，司马道子不知如何是好，索性将军事全都交给儿子司马元显处理。

殷仲堪听说王恭已经举兵，便派南郡相杨佺期兄弟率领五千舟师做前锋，桓玄则带着两万士兵做后应。殷仲堪的大军到了湓口，王愉却毫无防备，在逃跑时被桓玄抓住了。

晋廷听闻后大为震动，当即命司马元显为征讨都督，分兵讨伐庾楷等人。接着，司马尚之击败庾楷，庾楷投奔桓玄。桓玄带兵连连攻破数城，来势十分凶猛，司马元显有些招架不住。

后来，司马元显得知王恭与手下大将刘牢之有嫌隙，于是趁机拉拢了刘牢之。刘牢之趁王恭没有防备派人袭击，将他抓获并送往建康，王恭和他的党羽和子弟都被杀害。王恭死后，晋廷命刘牢之为辅国将军，代王恭驻守京口。

不久，杨佺期和桓玄的军队逼近石头城，殷仲堪也屯兵芜湖，他们一起上奏为王恭申冤，请求朝廷诛杀刘牢之。

司马元显见桓玄等人气势强盛，立刻调兵抵御。杨佺期和桓玄见建康士兵密密麻麻地涌来，也很害怕，便引军后退，在蔡州屯守。只有殷仲堪驻守芜湖拥有数万士兵，一点都不怕，晋廷不知对方虚实，只能焦急防守。

司马道子听从左卫将军桓修的建议，打算分化对方，于是任命桓玄为江州刺史，杨佺期为雍州刺史，殷仲堪则被贬广州刺史。

殷仲堪接了诏令之后，十分恼怒，再三催促桓玄和杨佺期率兵进攻建康。但桓玄等人对朝廷任命颇为心动。殷仲堪担心遭到背叛，立刻撤兵回荆州了。他又派人对杨佺期手下的士兵说："你们若不早点回家，等我军到了江陵就会杀掉你们的家属。"

士兵们听到这话，心中十分恐惧。杨佺期的部将刘系悄悄带着两千人先行撤退，结果牵一发而动全身，其他军队也纷纷后撤，杨佺期和桓玄无法制止，只好随大军西归，在寻阳赶上殷仲堪。

三人再次歃血为盟，都表示不接受朝廷命令，并联名上奏，提出要为王恭平反，诛杀刘牢之、司马尚之，且不能贬黜殷仲堪。东晋朝廷没有办法，只能下诏安抚，并让殷仲堪复任荆州刺史，请求和解。殷仲堪等人见各自官职得以保全，都率部众回去了。

45. 孙恩叛乱

王恭起兵后,辅国将军孙泰曾纠集数千人称作义兵,讨伐王恭。这孙泰原本是五斗米道的首领,素来贪财好色,后来与太子太傅王雅结交,得以平步青云。后来他见天下大乱,就号召部众准备造反。但有人将孙泰告发了,司马道子直接斩杀了孙泰及其家人,只有孙泰的侄子孙恩侥幸逃脱。

恰巧这时司马道子生了病,没办法处理政务,司马元显暗示朝廷将父亲的职位授予他,朝廷竟然答应了。上任后的司马元显生杀随意,大量征发奴户充兵,闹得百姓叫苦连天。

孙恩看好时机,趁着民心骚动招兵买马,结果召集了千余人。孙恩就率领众人攻打会稽郡。

当时的会稽太守是王羲之的次子王凝之,他除了会读书写字,没什么其他的才能,平时信奉五斗米道,热衷于写道符祈祷,他的妻子是当时有名的才女谢道韫。孙恩兵临城下时,王凝之也不出兵,只是在家里焚香诵经。王凝之还对部下说:"我已经向大仙借得数千神兵,让他们守着各个要塞,就算敌方有十万贼人,也用不着担心。"

这王凝之纯属痴心妄想,没多久就被孙恩擒住杀害了。面对叛军,谢道韫淡定自若,毫无惧色,陈说有理有据,孙恩暗自惊叹,

就放她离开了。

孙恩攻陷会稽之后,有不少人响应,他的部众一下就增加到十万人。孙恩据守会稽,自称征东将军,四处杀掠,残忍至极。

眼见孙恩如此张狂,晋廷派徐州刺史谢琰、青兖七州都督刘牢之前往镇压。面对谢琰和刘牢之的双重打击,孙恩屡次吃败仗。

这次战斗中一个叫刘裕的彭城人表现十分出色,他是刘牢之手下的一名参军。当初刘牢之听说刘裕智勇过人、器宇不凡,就把他收到自己旗下。

刘牢之命令刘裕率领十多人去侦察敌情,刘裕毅然前行,不料途中遇到数千名叛军,同行的士兵几乎全部被杀,刘裕却挥舞长刀连斩数人。那贼人见刘裕这般神勇,竟然全都害怕得逃跑了。刘牢之的儿子刘敬宣见刘裕许久未归,带着士兵前去寻找,结果看到刘裕孤身一人追着数千贼人砍杀,不禁惊叹万分。

45. 孙恩叛乱

当孙恩听说刘牢之率领大军渡江而来了,连忙带着抢夺来的民众撤到海岛上。

晋廷担心孙恩还会作乱,就任命谢琰为会稽太守,镇守海浦。

可谢琰上任之后却荒废职务,整日饮酒作乐。不久孙恩卷土重来,但又一次被击退,谢琰从此更加认为孙恩等人不足为惧了。想不到官兵一退,孙恩又带兵登岸,逼近会稽。

警报传来的时候,谢琰压根没放在心上。几天过后,孙恩率叛军直接杀过来了,谢琰和手下的士兵饭都没吃匆忙迎战,结果全军大败,谢琰也被杀。

晋廷听闻谢琰战败身亡的消息大为震惊,连忙派出高雅之等人领兵镇压。结果,孙恩在余姚击败了高雅之。随后朝廷派刘牢之前去讨伐孙恩,孙恩对刘牢之十分忌惮,又逃回了海岛。刘牢之屯守上虞,威慑孙恩,东南地区才安定下来。

而荆州刺史殷仲堪忌惮桓玄的嚣张跋扈,于是和杨佺期结为亲家。司马道子正想借机挑起三人的矛盾,他不仅让桓玄负责荆州四郡军事,还让桓玄的兄长桓伟接替了杨佺期兄长的职务。

这下可惹怒了杨佺期。当时秦主姚兴进攻洛阳,杨佺期打算借着支援洛阳的名号去攻打桓玄,还约殷仲堪一起出兵。殷仲堪又担心杨佺期兄弟得势,对自己不利,就极力劝阻他不要轻举妄动。杨佺期因为势单力薄,最终没有出兵。

后来,桓玄先发制人,派兵袭击巴陵,夺取了殷仲堪囤积的军粮。殷仲堪见城中粮食紧缺,派出的将领也都被桓玄击败,只好紧急求助杨佺期。杨佺期率军前来,与桓玄交战后,由于兵力薄弱导致全军覆灭,自己和兄长杨广被抓住处死。

殷仲堪听说杨佺期被杀,立即带领部下往长安奔去。途中殷仲堪被桓玄的军队追上,桓玄逼迫他自杀。

桓玄消灭了杨佺期和殷仲堪之后，奏请朝廷任命自己兼领荆州刺史和江州刺史。朝廷碍于桓玄的势力只好同意了，桓玄因此变得愈加肆无忌惮，仗势横行，还擅自委任自己的兄长、侄子担任要职。

当时，河北诸国中数后秦实力最强。秦主姚兴勤理政务，任用贤臣，把国家治理得井井有条。

西秦主乞伏乾归也一路征伐，气焰很盛。后秦主姚兴担心乞伏乾归威胁自家边境，于是先发制人，派军攻打西秦。

乞伏乾归出陇西，亲自带着数千骑兵充当先锋。奈何天公不作美，突然刮起大风，一时间大雾弥漫，士兵们都惊慌不已，东奔西走，乞伏乾归在一片混乱中与中军失去了联系。

偏巧姚兴领军赶到，两军展开激战，乞伏乾归战败，一路逃到金城。眼见自己再无胜算，乞伏乾归与将士挥泪告别，带着家属投奔允吾，并派人到南凉请求投降。

45. 孙恩叛乱

前南凉主秃发乌孤因坠马身亡，他的弟弟利鹿孤继位，他热情地收留了乞伏乾归。但乞伏乾归待在利鹿孤身边整日提心吊胆的，担心自己受猜忌被杀害，思考再三后他决定前往长安投降后秦。

姚兴见乞伏乾归来投降，十分高兴地接纳了他，还封他为归义侯，担任河州刺史。乞伏乾归的儿子之前在南凉当人质，后来逃出来了，姚兴也给他封了官。

 46. 后凉亡国

后凉主吕光已步入晚年,他年老多病,自知活不了多久,就立太子吕绍为天王,自称太上皇,并命庶长子吕纂为太尉,吕纂的弟弟吕弘为司徒。

吕光嘱咐吕绍说:"我去世以后,你让吕纂统领六军,让吕弘掌管朝政大事,把事情都交给你两个兄长,国家才能安稳。如果你们互相猜忌,挑起战事,那国家离灭亡就不远了。"

吕光又嘱咐吕纂和吕弘说:"吕绍不是治国之人,但他是嫡长子,所以能继任王位。现在外有强敌,国内人心惶惶,你们兄弟一定要和睦相处,否则我死了都难以瞑目。"

不久,吕光去世。吕绍担心发生叛乱,秘不发丧。吕纂听闻父亲去世,进宫大哭,吕绍忌惮吕纂,想要让位给他,吕纂没有接受。吕绍便继承大位,为父亲发丧。

吕光有两个侄子,一个叫吕隆,另一个叫吕超,两人都是将领。等到送葬之后,吕超偷偷地对吕绍说:"吕纂手握兵权,威名震慑朝廷内外,看他的举动,好像要造反,应该早点设法除掉他,才能安定社稷。"吕绍不忍骨肉相残,没有听从。

吕弘之前很受吕光宠爱,还一心想要做世子,后来吕绍继位后,吕弘心里一直不服气,于是派人鼓动吕纂发动政变。吕纂被说动,

46. 后凉亡国

率领数百士兵夜袭皇宫，吕绍被逼自杀，吕纂登上帝位。

吕弘又担心吕纂容不下自己，时常对吕纂怀有戒心，吕纂也忌惮吕弘势力过大，对自己产生威胁，兄弟俩互相猜忌已久。终于，吕弘按捺不住先动手了，他从东苑起兵，围攻禁门，吕纂派兵抵御，吕弘战败逃往广武。

不久，吕弘还是被抓了，吕纂派人了结了他的性命。但吕纂也没过上几天快活日子，很快被吕超和吕隆二人密谋杀害。巴西公吕他和陇西公吕纬得知消息，相约出兵讨伐吕超兄弟，但没有成功。

随后，吕超请吕隆登上皇位，吕隆面带难色，吕超连忙说："现在就好像驾着龙往天上飞，怎么可以中途往下落呢？"于是吕隆即天王位，改年号为神鼎。

再说北凉主段业虽为一国之主，但是昏庸无能，手下的敦煌太

守李暠居然自立门户，另建年号，创立了一个独立王国，史学家称作西凉。

北凉主段业想发兵征讨，奈何自己力不从心，加上自己在朝中的地位不稳，只好作罢。原来段业虽然任用沮渠蒙逊为尚书，但实际上对他十分猜疑，沮渠蒙逊猜到了段业的心思，只是假装不知。沮渠蒙逊打算除去段业，邀请沮渠男成共同谋事，但是沮渠男成不愿背叛段业。

此计不成，沮渠蒙逊又生一计。他派人秘密向段业报告，说沮渠男成要造反，段业二话不说就把沮渠男成拿下，并勒令他自尽。

消息刚刚传出，沮渠蒙逊就假意为兄长鸣不平，他哭着对部众说："我兄长男成对段王如此忠心，反被冤杀，实在可恨！如今段王无端残害忠良，我们这些人还能高枕无忧吗？有愿意跟我一起报仇的，请跟着我！"

沮渠男成本就深得人心，众人听了这番话更是激愤不已，纷纷响应号召，一时间聚集了上万人。段业这时才知道错杀了好人，但为时已晚，讨伐的大军攻来，他被沮渠蒙逊斩杀。

接着，众人拥立沮渠蒙逊为主，沮渠蒙逊自称大都督、大将军、凉州牧。

而前秦被姚兴灭亡后，苻登的弟弟苻广带着残余部队投奔南燕。南燕王慕容德接纳了苻广，任命他为冠军将军。哪知这苻广又生了反叛之心，竟然自立为王，慕容德得知后即刻带兵讨伐，斩杀了苻广。

不料，长史李辩杀死留守滑台的慕容和，举城投降了北魏。慕容德听闻后大怒，正准备带兵夺回滑台。没多久，右卫将军慕容云杀了李辩，带领将士们的家属逃了出来，众人大喜。

慕容德召集诸臣商量去路，众人分别持不同意见，有人建议

46. 后凉亡国

攻滑台，有人建议打彭城，有人建议占据广固。慕容德犹豫不决，派人去询问高僧的意见。最后他听从高僧的意见攻打广固，将这里作为都城。隆安四年（400年），慕容德称帝，大赦天下，改年号为建平。

南燕暂且安定下来，后燕又发生了叛乱，慕容盛被叛兵偷袭，重伤去世。太后丁氏因与河间公慕容熙有私情，下诏将他推上帝位。

慕容熙登上帝位以后，丁氏就失了宠，后被慕容熙逼迫自尽。慕容熙沉迷于美色，做了不少劳民伤财的事情，百姓苦不堪言。

而后凉主吕隆新上任后，大肆捕杀叛党，造成国内人心惶惶。于是有人暗中与后秦勾结，姚兴趁机出兵，吕隆则派吕超等人迎战。

双方交战，后凉大败，吕超拼命逃回，巴西公吕他则率兵向秦军投降。吕隆慌了，急忙收拢残兵准备死守姑臧城。后在吕超

的劝说下，他无奈选择向后秦投降，获封镇西大将军、建康公。

后凉刚刚安稳下来，又遭到南凉和北凉的攻打，吕隆南北防守，终是招架不住了，只好让吕超带着奇珍异宝进献给后秦，并表示愿意将姑臧送给秦国，请求秦国出兵营救。

后秦主姚兴立即派人率领四万士兵去迎接吕隆，又派军镇守姑臧。于是吕隆带着宗族部众一万多人迁往长安，秦主姚兴封吕隆为散骑常侍，吕超为安定太守，对后凉中有才能的官员也提拔任用。

自此后凉灭亡，从吕光建国到吕隆投降，一共历经十九年。

 ## 47. 刘裕入都

孙恩战败退到海岛后，仍然贼心不死，又来进攻海盐，幸好刘裕大破贼军。晋廷于是册封刘裕为下邳太守，集中兵力讨伐孙恩。此后，刘裕与孙恩交战数十次，每次都获胜了。

后来，孙恩又出来作乱，被临海太守辛景追击，走投无路之下他跳海自尽了。孙恩死后，他的妹夫卢循被残余部众推选为头目，仍然盘踞海岛，不愿服从晋朝的管束。

除了外患，晋廷内部也暗流涌动，尤其是位高权重的桓玄，此时正想着谋权篡位。看见桓玄的气焰如此之盛，司马家的人忍不了了，司马元显与庐江太守张法顺密谋征讨桓玄。

元兴元年（402年）元旦，晋廷颁布诏令，细数桓玄的罪状，并任命司马元显为骠骑大将军，让他率兵征讨桓玄。

桓玄听闻司马元显已经举兵出征，不禁有些担忧。他听从长史卞范之的建议，也发布檄文征讨司马元显，并派人留守江陵，自己则举兵东下。

不久，桓玄抓捕了武昌太守庾楷，江东大震。此时，司马元显接到桓玄的檄文，心里慌了起来，又得知庾楷被囚，更是惊上加惊，迟迟不敢出兵。桓玄这边却一路高歌猛进，击败了多位晋廷守将，并夺取了历阳。

刘牢之一直持观望态度,他想利用桓玄之手除去司马道子父子,再伺机除掉桓玄,执掌大权。所以当参军刘裕劝他攻打桓玄时,他摇头不回答。

桓玄让刘牢之的舅舅何穆当说客,去说服刘牢之倒戈归附他,刘牢之也正有此意,于是向桓玄投降。桓玄假装优待他,乘势进攻建康。

司马元显和司马道子面对桓玄的进攻,毫无招架之力,只得抱头痛哭。最后,桓玄进入建康夺得大权,将司马道子父子及其同党全部杀害。

紧接着,桓玄夺了刘牢之的兵权。刘牢之后悔不已,他的部下刘裕等人也离他而去。刘牢之见自己失去人心,只能带着部下向北逃去,途中他的部下几乎全部散尽,刘牢之悲悔交加,自杀身亡。

之前司马道子父子掌权时,擅权乱政,把朝堂搅得一塌糊涂。

47. 刘裕入都

桓玄初入建康，罢免小人，任用贤才，百姓们都很高兴，以为来了一位贤臣。

可好景不长，才过了一个多月，桓玄就变得奢侈无度，政令变化无常，甚至欺凌安帝。朝中大臣多是桓玄党羽，纷纷逼迫安帝下诏，册封桓玄为相国、楚王。

元兴二年（403年），桓玄的野心彻底藏不住了，他命人逼迫晋安帝颁布禅位诏书，交出印玺，安帝只得一一照做。桓玄随后即位，改国号为楚，史称桓楚。

桓玄既无德行，也无治国理政的才能，他热衷于游乐，常常兴致一来就传令起驾出游，侍从稍有延迟他就呵斥责罚，朝廷上下都对桓玄充满怨气。桓玄也心有不安，对身边的人十分戒备。

当初刘裕离开刘牢之以后，前往京口，与青州主簿孟昶相遇，两人相谈甚欢，十分投机。他们一起商议讨伐桓玄的办法，准备联络弘农太守王元德兄弟、刘裕的弟弟刘道规和豫州参军诸葛长民共同举事。

刘牢之的外甥何无忌与刘裕同住京口，他也参与其中，当晚就为刘裕起草檄文。何无忌的母亲看见檄文，不禁痛哭流涕，随即问道同谋者是谁，无忌回答是刘裕，母亲大喜说："刘裕为主，桓玄必定要灭亡了。"

过了两天，何无忌冒充桓玄派来的使者进入丹徒城，一刀杀了徐、兖二州的刺史桓修。刘裕收到捷报，立即率领召集的百余名志士进入府衙，张榜安民。

而孟昶与刘道规等人杀掉了青州刺史桓弘，渡江来与刘裕会合。桓玄听说刘裕发动叛乱，不禁恐惧起来，他派人抓捕刘裕的党朋，杀害了王元德等人。

刘裕被众人推选为盟主，立即号召徐、兖二州将士讨伐桓玄。

桓玄任命桓谦为征讨都督,并派顿邱太守吴甫之、右卫将军皇甫敷分别率军北上,阻击刘裕。

等到各军出发以后,桓玄还是十分不安,来回走动不停,一旁的侍从劝说道:"刘裕等人不过是乌合之众,一定成不了大事,您何必如此忧心呢?"

桓玄摇头说道:"刘裕乃是当代的英雄啊!刘毅家里没什么财产,却突然拿出百万钱财。还有何无忌,很像他的舅舅刘牢之。他们一起举事,哪有不成功的呢?"

刘裕率军前进,在江乘斩杀吴甫之,后又在罗落桥斩杀皇甫敷。

桓玄听闻两员大将战死,更加心灰,他问群臣:"朕难道就此败亡了吗?"群臣都不敢发言。桓玄只能与刘裕殊死一搏了,于是又派桓谦等人率两万士兵攻打刘裕。

刘裕深知自己兵力不足,便令老弱残兵登高挥舞旗帜,故设疑

47. 刘裕入都

兵,然后身先士卒,拼死前进,身后的将士也都踊跃追随,呼喊声惊天动地。

恰巧有大风从东北吹来,刘裕的军队正处于上风向,于是放起一把火,瞬间火势滔天,烧得桓谦的部下痛苦不堪,哪里还想作战呢,纷纷溃散。桓谦等人也一溜烟似的逃跑了。

桓玄又命人带着精兵支援桓谦,自己却偷偷让人准备好船只,以便逃跑。这时,突然有人来报告军情,说是桓谦等人已经战败。桓玄当下就带着家属逃跑了。

这时的建康城已经无主,官员们纷纷迎接刘裕入城。随后,刘裕派遣将领追击桓玄,又让人去迎回晋安帝。

桓玄听闻追兵赶到,急忙挟持安帝及皇后向西逃往江陵。刘裕因为安帝被劫走,假称受安帝密诏迎回武陵王司马遵,请他入主东宫,代理朝政。

 晋 | **48. 刘勃勃建夏**

桓玄逃到江陵之后，仍称楚帝。何无忌和刘毅等人领兵前来攻打，桓玄大败，部下殷仲文投降，带着两位皇后回到建康。

此时桓玄已经失去人心，士兵不愿听从他号令，他决定乘船前往汉中。

汉中屯骑校尉毛修之听闻桓玄战败西逃，就想为民除害。他来到桓玄的船上，诱骗他去蜀地，桓玄等人欣然前往。可这一去竟然不复返！桓玄的船与益州督护冯迁等人的船只迎面遇见，桓玄被冯迁一刀斩杀。

桓玄一死，众人以为内乱已经平定了，哪知桓玄的侄子桓振又召集人马袭击江陵城，一直躲藏的桓谦也聚众响应桓振。

刘毅、何无忌、刘道规率兵讨伐二桓，击败了桓谦的部众。接着何无忌不听劝阻，执意攻打江陵城，被桓振打得大败而还。

刘毅及时调整部署，与何无忌、刘道规等人再次西进，晋军获得大胜。刘毅大军继续向巴陵进军，沿途军令严明，禁止士兵侵略百姓，深得人心。

桓振的势力渐渐衰弱，他挟持安帝，要求晋廷割让江、荆二州，才肯送还天子，刘毅不同意。这时南阳太守鲁宗之起兵袭击襄阳，桓振不得不带兵迎战。刘毅等人趁机夺取江陵，救出安帝。

48. 刘勃勃建夏

不久,桓振又偷袭江陵,结果兵败被杀,桓谦等人则逃到了后秦。

晋安帝回到建康之后,封赏了一群有功之臣,刘毅被封为左将军,何无忌为右将军,刘道规为辅国将军,唯独刘裕不肯接受封赏,始终请奏调任外镇。最后,晋安帝改任刘裕为十六州都督,驻守京口,刘裕这才接受了。此时,东晋的大半江山都掌握在刘裕手中。

刘裕担心桓氏余孽投奔后秦之后,为秦兵做向导,引敌来攻,就派使臣和后秦通好。后秦也派使者与晋国交好,双方往来不断。

当时南凉王秃发利鹿孤已经去世了,他的弟弟秃发傉檀继位,自称凉王。秃发傉檀见后秦势力强盛,主动与对方交好。秦主姚兴册封傉檀为车骑将军、广武公。傉檀派兵击败南羌之后,向秦告捷,请求担任凉州刺史,姚兴没有答应。

傉檀又发兵攻打北凉,沮渠蒙逊固守城池,他便割了北凉的禾苗,掠夺他们的牲畜带回来。傉檀派使者向秦主献上大量马匹和羊,再次索求凉州城。姚兴认为傉檀很忠心,就升任他为车骑大将军兼凉州刺史。

再说北魏主拓跋珪称帝后,立了俘虏来的慕容宝的小女儿为皇后。过了三五年,拓跋珪又想另选妃子了,于是派人去后秦求婚。秦主姚兴得知拓跋珪已经立了皇后,当然不肯同意了,还把北魏使者扣押起来。

拓跋珪得知后大怒,率兵攻打秦国。秦主姚兴派弟弟姚平进攻北魏的平阳,结果姚平被包围,派人向姚兴求救。姚兴亲自带兵相救,却被击退。

姚平被围困,弹尽粮绝,又不能突围,带着众将投水而死。姚兴眼睁睁看着姚平战死而不能相救,十分痛心,全军恸哭不已。

姚兴派使者向北魏求和,拓跋珪不肯答应。后来拓跋珪见柔然国愈加强盛,恐成为魏国的大患,于是撤兵,与后秦通好,并且释放了后秦的俘虏。后秦也释放了北魏的使臣。

谁知后秦与北魏重归于好，居然惹恼了一个降臣，这个人就是刘勃勃。刘勃勃怨恨后秦和北魏交好，叛秦自立，独霸一方。

原来刘卫辰被拓跋珪杀死以后，他的儿子刘勃勃辗转来到后秦，投靠了后秦高平公没奕于，并且成为没奕于的女婿。没奕于又将刘勃勃举荐给姚兴。

姚兴见刘勃勃气度不凡，很有才干，便委以重用，所有军国大事基本上都会同刘勃勃商量。姚兴的弟弟姚邕曾劝谏姚兴说："刘勃勃天性不仁，不能重用，希望陛下多加提防。"可姚兴却反驳道："刘勃勃有济世之才，我正想平定天下，怎么能疏远这样的人才呢？"姚兴不听劝告，甚至任命刘勃勃为安北将军，镇守北方边境。

当刘勃勃听闻后秦与魏国通好时，便起了反叛之心。他私自扣留了柔然朝贡后秦的八千匹马，并暗中杀害了自己的岳父没奕于，

48. 刘勃勃建夏

吞并了他的军队。

晋安帝义熙二年（406年），刘勃勃自称天王、大单于，改姓赫连，建年号为龙升，设置百官，定国号为夏。建国不久，赫连勃勃就进攻鲜卑、薛干等部落，收降了一万多人，接着又进攻三城北边的城池。

三城为后秦要塞，由秦将杨丕、姚石生等人镇守。赫连勃勃一举击破三城，杨、姚二将全都战死。

赫连勃勃的侵略脚步还没有停下，他不断进攻秦岭以北的各个城池。警报频频传入长安，秦主姚兴只能暗自哀叹了。

赫连勃勃因为向南凉求亲遭拒，又把矛头指向南凉。南凉招架不住，死伤数万士兵，秃发傉檀跑入南山才逃过一死。

 # 49. 刘裕崛起

后燕光始四年（404年）冬季，东方的高句丽国进攻燕郡，杀死并掳走数百人。第二年冬天，慕容熙带着士兵攻打高句丽，他极为宠爱的苻皇后也一路随行。

大军辗转跋涉三千余里，早已疲惫不堪，加上大雪纷飞，天寒地冻，不少士兵都冻僵了，夕阳公慕容云也因伤辞归，将士们都没有什么斗志，慕容熙便率兵返回了。

不久由春入夏，苻皇后突然患病去世，慕容熙悲痛至极，等到出殡那天，他披散头发光着脚给苻皇后送行。由于丧车过于高大，出不了城门，慕容熙竟然下令把城门给拆了。年长者见状叹息道："慕容氏自毁国门，日子怎么会长久呢？"

刚走到南苑，就有人跟跟跄跄地跑来向慕容熙报告说城中发生叛乱了。原来中卫将军冯跋等人联合发动叛变，推举慕容云为主。

慕容熙得知消息，立马奔回龙城，却因大门关闭无法攻入，只好退回龙腾苑，躲入树林中，后被人抓住，慕容云将慕容熙和他的儿子全部处死，后燕灭亡。

慕容云本姓高，是高句丽人，他谋反成功以后便即天王位，恢复高姓，改年号为正始，国号大燕。

高云即位一年多就被冯跋所杀。冯跋自己当上天王，改年号为

49. 刘裕崛起

太平,国号仍为燕,史称北燕。

而南燕主慕容德已经年近七十了,他苦于没有子嗣,将流落在外的兄长之子慕容超寻回,立为太子。不久慕容德病逝,慕容超继位,改年号为太上。

慕容超继位以后平定叛党,一心想将国家治理好,他时常想念自己流落后秦的母亲和妻子,便派使者向后秦主姚兴请求送还母亲和妻子。姚兴却提出慕容超必须向后秦称藩,并将原前秦王宫乐伎送给他,慕容超答应了,才终于迎回母亲和妻子。

太上五年(409年)元旦,慕容超在大殿会见群臣,没有听到奏乐声,心里很后悔将乐伎送给了后秦,于是下令掠夺吴人充作乐伎。随后,将军慕容兴等人率骑兵从东晋掳走男女三千五百余人。

东晋刘裕收到消息,上表请求北伐。他率领水军从建康出发,抵达琅琊后沿途修建城垒,留兵驻守。

慕容超见晋军来犯,召集群臣商量对策。他没有采纳侍中公孙五楼据守大岘山、断晋粮道等作战良策,而是任凭敌军顺利前进。

当晋军顺利通过大岘山后,刘裕指着天高兴地说道:"我们已经过了天险之地,而且不愁粮草,灭掉贼虏,在此一举了!"接着,晋军大败燕军,慕容超逃往广固。刘裕乘胜追击,攻克广固外城,又加紧围攻内城。

慕容超无计可施,只好派人向后秦求援,结果使者在半路被刘裕的人抓住。刘裕派人向广固城中的守兵喊话:"刘勃勃已经大破秦军,秦军没工夫来救你们了。"守城的将士一听这话,大惊失色,慕容超也十分惊慌,于是派人向刘裕求和,表示愿意割让大岘山以南的地方给晋廷,并向晋廷称藩。

刘裕直接拒绝了。没多久来了一位后秦使者,传话给刘裕说晋军不退兵的话,秦军就派铁骑十万进攻洛阳。刘裕大怒道:"回去

告诉姚兴,他愿意来送死,尽管快些来!"

慕容超坚守了一段时间后,朝中大臣劝他投降,慕容超却宁死不屈。刘裕见城中人马困乏,下令破城,这时候突然有人打开城门迎晋军进城。慕容超立即逃跑,但才走几里路就被抓住,后被押入晋都处死,年仅二十六岁。南燕至此灭亡。

此时,南凉的秃发傉檀再次称凉王,改年号为嘉平,西秦的乞伏乾归也逃到苑川,自称秦王,西秦复国。

北魏也发生了一件大事,魏主拓跋珪立国已经二十四年,年仅三十九岁,却被他的叛逆儿子拓跋绍杀死。随后,太子拓跋嗣联合大臣灭了拓跋绍,正式继位。

刘裕平定南燕之后,突然接到朝廷的急诏。原来卢循、徐道复等人又开始作乱了,而且逼近晋都,何无忌在与卢循对战时兵败被杀。

49. 刘裕崛起

不久，刘裕回到都城，准备攻打卢循。但刘毅此时不顾刘裕的劝阻，率先与卢循开战，结果惨败。

卢循已经拥有十多万的大军，徐道复劝说卢循应该乘胜进攻，卢循听从了他的建议。不久，卢循大军抵达了淮口，东晋朝廷内外戒严。

此时，刘裕正在修治石头城，并在当地聚兵防守。他见卢循驻守蔡州，便知道有机会取胜了。龙骧将军虞邱请求以木栅栏保护石头城及淮口，修缮越城，又增修三座堡垒，分兵抵御卢循。刘裕一一同意了。

卢循派遣十多艘战船来攻石头城，刘裕调来神箭手对着卢循的战船射去，卢循无法进攻，只好退回。

后来，刘裕中了卢循的调虎离山之计，率军前往白石，卢循得以成功上岸，带着众人攻到了丹阳。他们本想四处劫掠，奈何各地防守森严，结果一无所获，便向寻阳退去了。

卢循退到寻阳之后，想联合蜀地谯纵一起夹攻荆州，谯纵答应了，并向后秦乞师。后秦主姚兴立即派军与谯纵会合，投降后秦的桓谦又沿途招募了两万兵马，进据枝江。

荆州刺史刘道规坚守城池，雍州刺史鲁宗之也从襄阳率军前来支援。刘道规让鲁宗之守城，自己去攻打桓谦，桓谦大败被杀。

击杀桓谦之后，鲁宗之返回襄阳去了。这时徐道复又率三万兵马攻打江陵，刘道规为了稳定军心，只能拼死守城，还好有援军赶来，与刘道规合兵击退徐道复。徐道复杀出重围，逃往湓口。

 # 50. 刘裕建宋

刘裕命令各军追击贼人，并亲自擂鼓鼓舞士气。晋军一边用箭射敌人，一边将火具抛入贼船中，贼兵溃败，四散而逃，为首的卢循和徐道复逃往寻阳。

刘裕乘胜追击，混乱中徐道复被乱矛刺死，卢循侥幸逃脱，收拢残兵赶往番禺。晋军日夜兼程，刚抵达番禺城下，就领兵直奔卢循大本营，卢循又狼狈南逃。可是在追击途中，晋将孙处突然患病，晋军行进的速度慢了下来，卢循趁机逃到了交州。

此时交州刺史杜瑗去世不久，晋廷任命他的儿子杜慧度承袭职位。朝廷的诏书还没到，卢循却开始带兵进攻交州。

杜慧度散尽家财犒劳将士，一时士气大振，很快击败卢循，逼迫他最终跳江而死。杜慧度灭掉了卢循所有残党，南方为患十多年的海寇终于荡平了。

此时，在荆州镇守的刘道规由于积劳成疾，向朝廷请辞。朝廷一方面任命刘毅接替镇守荆州，一方面任命刘道规为豫州刺史。刘道规刚到豫州就病故了，荆州的百姓悲痛不已。

刘毅生性贪婪，自认为功劳与刘裕一般大，对自己被外派到地方很不满。有人劝刘裕除掉刘毅，刘裕虽然没答应，但还是奏请将刘毅的弟弟刘藩贬为兖州刺史。后来刘毅阴谋夺权，被刘裕事先察

50. 刘裕建宋

觉。刘裕命刘藩入朝，刘藩不知是计，一进都城就被抓住。第二天他以刘毅谋逆为名，发兵声讨。

刘裕亲自率领一百多艘战舰作战，刘毅大败，自尽而亡。随后刘裕提拔朱龄石为益州刺史，让他率宁朔将军臧熹、下邳太守刘钟等人准备起兵讨伐蜀国。

蜀王谯纵得到警报，派重兵驻守涪城。晋军先是攻下了地险兵多的北城，随即又拿下南城，占领广陵，直入成都。谯纵感到走投无路了，自缢而亡。

朱龄石攻入成都的捷报传来，晋廷立即论功加赏，任命朱龄石督领梁、秦两州的军事，还册封他为丰城县侯。为了宣扬朝廷的威德，朱龄石派使者前往北凉。

北凉王沮渠蒙逊因为畏惧，连忙上表晋廷表示愿意称臣。北凉

王的压力除了来自晋廷，还有南凉。北凉与南凉向来水火不容，争战不休。

有一次，南凉主秃发傉檀率领五万骑兵亲征，却被北凉兵杀得人仰马翻，溃散而逃。北凉主沮渠蒙逊进攻姑臧，秃发傉檀与其相持几个月，终于撑不住了，只好把自己的儿子安周送去当质子，与北凉讲和，北凉这才退兵。几个月后，秃发傉檀为了复仇不听部下劝告，执意攻打沮渠蒙逊。结果北凉兵从天而降，吓得南凉军丢盔弃甲，狼狈逃回。

当时，西秦一度联合后秦攻打南凉，之后又背弃与后秦的盟约，进攻掠夺洛阳等地，将数千户百姓迁往谭郊，在那里修筑城池，甚至将都城迁往此地，留乞伏炽磐留守苑川。

西秦王乞伏乾归的堂侄乞伏公府因为不能继承君位而怀恨在心，在游猎的时候刺死了乞伏乾归。由于害怕乞伏炽磐讨伐，他逃往大夏。

纸包不住火，乞伏炽磐得知变故之后，亲自率众讨伐，抓住了乞伏公府和他的儿子，对他们处以残酷的车裂之刑。

与此同时，元气大伤的秃发傉檀早已国威大减，却还要西征讨伐叛军。秃发傉檀平叛胜利归来，却得知乐都被乞伏炽磐偷袭，王子和王后成了俘虏，差点气晕过去。秃发傉檀听说乞伏炽磐已经回师，任命自己的侄子秃发赴单为西平太守，决定前去投靠他。可秃发赴单已经效忠西秦，于是将消息传给了乞伏炽磐。

乞伏炽磐攻破乐都时，看到秃发傉檀的小女儿美丽动人，就将她纳入了后宫。此时秃发傉檀摇身一变，成了西秦的左南王。后来，乞伏炽磐担心秃发傉檀成为祸患，就派人用毒酒杀了他，自此，南凉彻底被吞并。

而此时后秦，姚兴逝世，姚泓继位。不久后，北地太守毛雍率

50. 刘裕建宋

先起兵反秦，乞伏炽磐、仇池公杨盛、夏主赫连勃勃也先后开始侵犯后秦，秦王日益危困。再加上刘裕率军出动，姚秦已如风中残烛。

晋军将领檀道济相继攻下秦阳、荥阳，直逼成皋。洛阳告急，就向关中请求支援。姚泓派遣一万三千名士兵去救洛阳，但为时已晚，洛阳已被晋军攻下。刘裕一边让毛修之镇守洛阳，一边让檀道济等人继续前进。此时，乞伏炽磐表示愿意与晋军一起攻打秦国，刘裕同意了。

外部的紧张局面已经让姚泓难以应付了，谁知道并州牧姚懿、征北将军齐公姚恢也意图篡位，最后被东平公姚绍打败。

晋国将领王镇恶攻入渑池，紧逼潼关，同时檀道济、沈林子进攻蒲坂，与姚绍交战。姚绍损失近千人，不得不退到定城自保。姚绍命令手下截击晋军的粮草，反而被沈林子所击退。秦王节节败退，只好向北魏求援。

北魏王拓跋嗣派兵阻拦晋军，也被刘裕击败。至此，刘裕率军直入长安，姚泓只得投降。

刘裕六十多岁后，急着想要篡夺晋室。当时有预言说："昌明后尚有二帝。"刘裕便下决心让预言应验。晋国的皇帝还是安帝，而安帝本质上就是个傻偁，朝廷的一切事务都由安帝的弟弟琅琊王司马德文代为处理。

后来司马德文患病回府调养，刘裕趁机买通安帝身边的人，将他活活勒死。刘裕谎称安帝暴病而死，并且假传遗诏让其弟弟司马德文继位，史称晋恭帝。刘裕因此受封宋王，迁居寿阳。

一年后，刘裕在寿阳宴请群僚，假称自己要奉还爵位，有意回京师养老。只有中书令傅亮明白了他的意思，便附和道也想回都城。傅亮先行入都，逼迫恭帝禅位。恭帝不得不从，对左右说道："桓玄还在的时候，晋国已经名存实亡。如果不是刘公恢复了晋国，延

续了将近二十年,晋国早就没了。今天禅让给刘公,心甘情愿。"于是只能交出玉玺,带着王后凄然出宫。

刘裕得了禅让诏书,还假装推让。大臣连番劝说,刘裕才接受。于是在南郊筑坛,祭告天地,建国号为宋,改晋元熙二年(420年)为宋永初元年。至此东晋灭亡。